問津文庫

津沽名家詩文叢刊第十種

主編　王振良

思闇詩集

華世奎　原著
閻伯群　整理

天津出版傳媒集團
天津古籍出版社

圖書在版編目（CIP）數據

思閣詩集 / 華世奎原著；閻伯群整理. -- 天津：天津古籍出版社, 2018.12
（津沽名家詩文叢刊 / 王振良主編）
ISBN 978-7-5528-0742-4

Ⅰ. ①思… Ⅱ. ①華… ②閻… Ⅲ. ①詩集－中國－近代 Ⅳ. ①I222.75

中國版本圖書館 CIP 數據核字（2018）第 248840 號

思閣詩集

SIAN SHIJI

華世奎 原著　閻伯群 整理

出版人/ 張瑋

*

天津古籍出版社出版
（天津市西康路 35 號　郵政編碼：300051）
http://www.tjabc.net
天津市天辦行通數碼印刷有限公司印刷
全國新華書店發行
開本 880 毫米×1194 毫米　1/16　印張 4.75　字數 109 千字
2018 年 12 月第 1 版　2018 年 12 月第 1 次印刷
ISBN 978-7-5528-0742-4
定　價：38.00 圓

津沽名家詩文叢刊總序

李劍國

國人素重鄉邦文獻，方志多立《藝文志》，著録本地述作。至有薈萃前賢文集撰著者，郡邑叢書作焉。明人海鹽知縣樊維城纂輯《鹽邑志林》，開啓風氣，而清世、民國爲盛，若《畿輔叢書》《吴興叢書》《武林掌故叢編》《貴池先哲遺書》等，多達七八十種。郡邑書之纂，劉世珩《貴池先哲遺書序目》嘗云：「所以景仰前賢，嘉惠後學，乃士大夫鄉里所應爲之事也。」昔元代婺州蘭溪人吴師道編《敬鄉録》十四卷，録其鄉賢詩文。而民國永嘉黄群輯鄉賢著作，亦以《敬鄉樓叢書》爲名。「敬鄉」者，本《詩經·小雅·小弁》：「維桑與梓，必恭敬止。」郡邑之編，皆以見本鄉人傑地靈、文物之盛，寄托桑梓之情也。

較之古邑名都，天津建邑未久，明永樂二年（一四〇四年）始置天津衛，於今方六百餘年。雍正三年（一七二五年）升衛爲州，九年復升爲府，轄六縣一州。逮乎清季，直隸總督駐於津城，李鴻章、袁世凱相繼於此興辦洋務。光緒二十六年（一九〇〇年），天津陷於八國聯軍，淪爲列强租界。自此九河下梢之地，乃成百里洋場之都，天府津渡，工商重鎮，達官遺老蟻聚，騷人墨客麕集，物華之繁，超乎往昔矣。

《天津志略·文藝》云：「天津雖爲通都大埠，民風稍涉奢華，但澹泊致遠之士仍守本抱樸，鄙物質之享樂，而致力於藝術之陶冶，而度其『富貴如不可求，從吾所欲』之生活。以言著作，則歷代之文存詩稿，多如恒河沙數。……今日争以奢侈相炫，食多珍饈，衣錦晝行，惟三津尚發越前光，綿綿不墜，實晚近不數睹之邦矣。」津人藝文之作，《天津縣新志》著録明清二百七十七人、五百三十種。《天津志略》復益三十六人、七十二種。金大本《津人著述存目》乃增至四百人，著述近千。今人高洪鈞氏編著《天津藝文志》，又增入天津所轄郊縣鄉人著作，凡得著作千五百種左右，作者六百餘人。此中大部爲清世、民國人，三百年之文質彬彬，洵爲大觀也。

今存津人詩文別集，以康熙間刻龍震《玉紅草堂集》爲早，此後所存者甚衆，惜乎單部零種，未及彙編，管中一斑，難窺全豹。方今各地學人，頗重本土文獻之整理研究，地方出版社亦引爲己任。吾津文事繁充，撰作衆多，自應不愧前賢，免落後塵。所幸者，王振良君與問津書院同儕，正着手編輯《津沽名家詩文叢刊》，搜集整理王煐、查爲仁、梅成棟、楊光儀、嚴修、王守恂、華世奎、章鈺、郭則澐、李金藻、蘇星橋、陳誦洛等津人詩文集，將陸續出版，以彰顯津門藝文之盛。振良本吉林人，受業於南開，從事於報社。久居津城，認作故鄉，舊事新聞，諳熟於心。與同氣編輯《天津記憶》《品報》《問津》，十數年孜孜矻矻，鍥而不捨，世所难能，其志可嘉。而津沽名家詩文之刊，尤爲盛舉，誠儒林雅事，津門之幸也。

余生山右，讀書教學於南開已四十餘年，然居於斯而昧於斯，話及津事，每茫茫然。幸振良常臨陋室，聆其高論，閱其文編，津門數百年之事，遂知一二。前時振良索序，以弁叢刊之首。今稽考文獻，粗陳陋見，庶免「夏蟲語冰」之譏爾。

甲午歲清明後一日草於釣雪齋

（李劍國，南開大學文學院教授、博士生導師）

代序：蓋棺不變此心丹——華世奎詩歌簡論

楊傳慶

華世奎（一八六四—一九四二），近代著名書法家，字啟臣，號壁臣。清亡後，又號北海逸民，是著名的清室遺民。書法之外，華氏能詩，著有《思闇詩集》。[一]關於「思闇」之號的由來，其《六十生日述懷四首》之四云：

一年睡夢一年酣，六十年來百不堪。心似喪家無主犬，身如縛繭可憐蠶。撫松本亮空三徑，刻木丁蘭剩一龕。忠孝我今都已矣，泣題齋額曰思闇。

這首詩表達了華世奎進入暮年時身衰心苦、心靈無所皈依的悲涼之情。他用陶淵明失國與丁蘭失親的典故來寫自己忠孝無有著落，惟有杜門遁隱，故自題齋名「思闇」。《說文解字》云：「闇，閉門也。」[二]華氏以「闇」名齋，表明他將與世隔絕，

[一]華世奎：《思闇詩集》，一九四三年印行，天津人民美術出版社二〇一四年重印。下文引詩不一一注出。

[二]許慎撰、段玉裁著：《說文解字注》，上海古籍出版社一九八一年版，第五九〇頁。

不問世事。一九四二年，華世奎病逝，經津門遺老聯名請求，僞滿溥儀賜予他「貞節」謚號。華世奎因「思闇」而得「貞節」之謚，其《思闇詩集》的核心情感也正是「貞節」二字。

一

華世奎對清室極爲忠誠，辛亥鼎革後，除了不易服剪髮，不用民國年號外，他還拒絶在北洋政府爲官，郭則沄説他：「國變後完髮遁居，當道雖摯交莫能網羅致之。」[一]他也不在溥儀小朝廷中擔任一官半職，這與鄭孝胥、羅振玉、胡嗣瑗等顯然不同。與衆多清室遺民相比，華世奎對清室的忠心可謂更加純粹，這種忠於故國的心境在《思闇詩集》中有極爲生動具體的體現。

郭則沄在《思闇詩集序》中説：

> 靡靡之世庸夫淪焉，哲士卓焉，其遺世孤迂，蟬蜕於塵埃之表，芳心悱惻，

[一]郭則沄：《思闇詩集序》。

宛結於中，傫然無可告語，奚以宣之？亦宣之於詩而已。

他直將華世奎詩看作是內心鬱積情感的宣洩，而其所宣洩的情感正是「遺世孤迋」之際的貞節忠心。華世奎在《壽渠母喬太夫人八十》詩自注也云「余所處之境窮之極矣」，作詩「聊以寄意」「每一舉筆，不覺悲憫窮愁之意自然流露」。他在和趙毓楠的詩中說「陵谷變遷心不老，寸丹總是向楓宸」，（《和趙楚江毓楠八十述懷原韻》）宸，北極星所在，借指帝王殿庭，因漢代宮庭多植楓樹，故有楓宸之稱。華氏向老友剖明心迹，國家雖然滅亡，但自己的一寸丹心永遠係念故國，忠於舊君。這種忠貞的遺民心懷在其詩中不斷被强調，其云：「海榴開相天中近，分得葵心一寸丹。」（《壽陳筱石夔龍制軍七十四首》之二）「縱然花比人遠瘦，晚節常存鐵石心。」（《潤台約賞菊即席以詩見示依韻和之》之二）「況是能全晚節人」，「永抱丹心夜拱辰」。（《呂鏡宇尚書海寰丁卯重逢鄉舉賀詩四首》之四）「百花盡逐番風去，常與丹楓拱帝宸。」（《叠前韻題楚江撫松圖小照》）心系故國，堅守晚節，不隨波逐流，這是遺民之間對彼此的勸慰與勉勵。

壬戌（一九二二年）十月，遜帝溥儀大婚，紫禁城中遺老雲集，華世奎也身列其中。其詩《壬戌十月恭遇大婚，入都朝賀，蒙賞朝馬紀恩二首》之一云：「年未六旬恩破格，時方多難禮從權。鞭絲嫋入雲深處，又見光明一綫天。」注云：「舊例二品官未滿六十歲者不列賞馬單。」所謂「賞朝馬」即紫禁城內騎馬，被皇帝恩准在紫禁城內騎馬是清廷對宗室及股肱之臣的特殊待遇。華世奎此次「賞朝馬」是破格之賞，這讓他倍感故主恩遇，心潮澎湃，他在詩中寫道「無路馳騁餘感激，何時昂首一長鳴。」溥儀大婚後，賞賜華世奎匾額一方，華作《大婚禮成蒙頒賞家祠御筆望閥高華匾額一方紀恩四首》專記此事，其中有「寵頒宸翰壯宗祠」，「子子孫孫永寶藏」之語，不難看出，華世奎對舊主恩賜充滿感激，這種感激也讓他更加堅定，所以他說「千里雄心塵踏碎，一條頑骨鐵生成」。

溥儀潛居張園後，華世奎逢初一、十五必去朝見，恭請聖安。[一]《鄭孝胥日記》「一九二五年七月九日」也記云：「至張園，晤羅叔蘊、萬公雨、華壁臣世奎、凌潤台福彭、張文生等。」[二] 華有《辛未元旦》一詩提及張園朝見：

[一] 華克齊：《津沽鄉賢華世奎》，《天津日報》二〇一四年六月二三日。

[二] 中國歷史博物館編、勞祖德整理：《鄭孝胥日記》，中華書局一九九三年版，第四冊，第二〇五六頁。原文作「璧臣」。

報曉鄰鷄喔喔鳴，又從舊臘入新正。桃花比户偷春色，竹爆連宵飾太平。
天意倘從今歲轉，河流果有片時清。行園朝罷歸來後，總有依依不盡情。

他在詩中注云：「今年禁令不行，家家燃放爆竹，租界外久不聞此聲矣。」「報載：黄河清七時許，清在此時，吉凶禍福不敢定也。」爆竹連宵，黄河澄清，不管是否兆示太平吉祥，總算是一種心理的慰藉。不過這慰藉存在的時間却極是短暫，綿久的是深深的沉痛。其《壬戌三月自京旋津早起登車途中作》云：

隱隱宫牆曙色低，十年前事莫重提。莊周有夢都成蝶，祖逖無鞭懶聽鷄。
幾點疏星猶拱北，一鈎冷月漸沉西。是何到耳聲悽楚，橋上春鵑不住啼。

隱隱宫牆又觸動了他對往事的追憶，只是物是人非。面對如此局面，他清醒地知道儘管尚有像他這樣的忠於舊國的遺逸，但早已是夢破無可爲，這讓他的心裏哀痛至極。

對於華世奎這樣的遺民來説，他們深知忠貞的堅守并不會有實際的效用。如他在和凌福彭除夕詩中說：「禍變相尋直到今，縱然無病亦呻吟。驚聞竹爆連天響，空抱葵花向日心。」（《和潤台戊辰除夕偶成四律即次其韻》之一）一個「空」字，讓人看到了貞節背後的悲苦。即便是在祝壽詩中，忠貞的頌揚與悲苦的體會也裹挾在一起，難以分解。華世奎《壽郭春榆前輩曾炘夫婦》詩中說：

出入承明曳紫緋，昔曾共傍五雲飛。突如海蜃沉朝市，剩有銅駝冷夕暉。
萬丈荒塵温室樹，孤臣老淚首陽薇。寸丹耿耿觚棱月，雲譎風狂不肯歸。

郭曾炘，郭則沄之父，是忠於清廷的著名遺民，卒後溥儀贈太子太保，謚文安。華在詩中追憶了當年的輝煌，然而一切如蜃樓幻滅一般，暫態土崩瓦解，只剩下荆棘銅駝，讓人傷吊。他用了用伯夷、叔齊采薇西山的典故，《史記·伯夷列傳》說：「武王已平殷亂，天下宗周，而伯夷、叔齊耻之，義不食周粟，隱於首陽山，采薇而食之。及餓且死，作歌。」[二]華氏將郭曾炘與自己比爲忠於故國的隱者，儘管成爲孤臣遺子，老淚婆娑，那也要像伯夷、叔齊那樣，永葆忠於舊國的耿耿丹心，面對狂風譎雲也

[二]司馬遷：《史記》，中華書局一九五九年版，第二一二三頁。

不更變。

二

爲何在《思闇詩集》中華世奎如此集中强烈地書寫「貞節」情懷呢？這首先與他的人生經歷相關。

華世奎少時篤學，光緒五年（一八七九年）入縣學，光緒十一年（一八八五年）由内閣中書考入軍機處，薦升軍機處。光緒十九年（一八九三年），應順天鄉試，考中舉人，因辦事出色，擢升爲領班章京，即「軍機領班」。雖官位不高，但貼近軍機大臣，可謂位居津要。宣統三年（一九一一年），清廷成立以慶親王奕劻爲首的内閣，華世奎被提升爲内閣閣丞，地位益重。武昌革命軍興，袁世凱擔任内閣總理大臣，定閣丞官級爲正二品，華世奎的仕途在此時達到巔峰。一八八五年到一九一一年之間的二十餘年，大清王朝逐漸走向了衰亡，但對於華世奎來説，却迎來了他人生的黃金時代。所以清廷滅亡後，他追念故國，抒發忠心成爲必然。這可以説是華世奎書寫「貞節」情懷的個人歷史因素，而另一重要原因則是辛亥革命後戰亂頻仍，民不聊生，令人絶望的社會現實。

辛亥革命之後，不管是北洋政權還是之後的蔣介石國民政府，都未能給中華大地帶來安寧。相反，軍閥混戰不休，國家陷入動盪支離，讓人無法看到社會穩定向榮的迹象，這對清室遺民的思想世界會產生重要影響。華世奎詩《六十生日述懷》之三云：「烽火連天鬼夜鳴，那堪子午溯雙庚。庚午天津焚津城教堂，五月二十三日。況從問鼎移周祚，動輒操戈薄漢京。榴結巾紅花濺血，蒲抽劍緑草皆兵。俗稱惡月今爲烈，多少人家哭祭聲。壬子以後，京津一帶戰事多在五月。」此詩真實記録了民國以來京津一帶的戰亂給老百姓帶來的巨大傷害，榴花濺血、蒲草皆兵，動輒殺戮的現實，讓人觸目驚心。他在《讀韓君斗瞻遺墨并後附小傳有感而作八十韻》詩中感嘆道：「慨自寶鼎淪，中原忙逐鹿。擾擾十九年，一年一變局。虎兕盡出柙，龍蛇同起陸。國步抑何艱，天命抑何促。」可以説，年年戰亂，國運艱難，國無寧日的時局，對新政權的絶望，是華世奎杜門隱遁的現實原因。其《贈别段少滄同年書雲歸徐州》詩云：「遍地已無乾净土，何時重做太平民。好將謝墅安排定，早向桃源來問津。」亂世紛擾，欲作太平之民已是不可實現的夢想，面對如此戰亂、失範、無序的世界，尋找桃源避世成爲唯一的選擇。他説「烽火連連羽檄遲，河山視等小兒嬉。」「失馬塞翁閑是福，觀魚濠上樂誰知。」（《和諸葛篤我錫祐八十自述原韻》之二）在烽火連連的亂世，華世奎選擇了杜門不問世事，希望在閉目塞聽中追求「閑」「樂」生活。

不過，華世奎的這種自我隔離只能做到身的隱遁，却無法實現心靈的超然。壞亂動盪的現實反而更加刺激了他的故國情懷，所以他的詩往往將對現實世界的不滿與書寫故國之思交織在一起。其題《海天放鶴圖》詩有句云：「嗟乎！世局至今危復危，問君是否丁令威。倘能化鶴來棲華表上，應嘆人民猶是城郭非。」表達了時局危亂，人是物非的亡國之思。壬申（一九三二年）花朝節，華世奎與鄒廷廉、喬保衡、高凌雯、林墨青、高增奎、王仁沛、王守恂、羅朝漢、高凌霨十人約爲十老會，詩有云：「嗟乎！故國衣冠委塗炭，浩劫餘生經百變。同是望衡對宇人，居無定所時驚竄。幾見歸鶴巢，但聞鴻避篡。此圖非復耆年行樂圖，應與鄭俠流民一例看。」（《壬申花朝亦香約集同鄉舊好年六十以上者九人爲十老會，酒罷攝影爲圖，爰作長歌以紀之，并録同人姓字年歲於左》）身經亡國之悲，又歷浩劫之苦，暮年居無定所，避亂無家可歸，因此他們的晚年生活無樂可言，心中充滿的是流離失所的悲感。他們憎惡兵亂，嚮往國家的安寧，《壽凌潤台前輩同年福彭七十》詩云：「底事潢池又弄兵，閉門謝客罷稱觥」，「黃河終有澄清日，容與彭聃樂太平。」

兵亂又起，閉門謝客，但他心中渴望盛世再現，樂度太平歲月，只是他也深知太平盛世是不可能的夢想。他在《挽朱經田同年》詩中說：「豈云日可揮戈返，終恨天難石補完。入地料無今世黑，蓋棺不變此心丹。」他反用魯陽揮戈與女媧補天的典故，表明了昔時天日重現的不可能，但他難以容忍今時暗無天日的黑暗，發誓忠於故國的丹心至死不渝。他在爲好友高凌雯祝壽詩中描述了這種黑暗：「竊鈎者誅竊國賞，群虎嗜盡人脂膏。連雲甲第森棨戟，燕姬越女黃金巢。樓上笙歌夜達旦，樓下百萬哀鴻嗷。」軍閥爭權奪利，殘害百姓，過著驕奢荒淫的生活，而人民則是流離失所，無家可歸。（《壽高彤皆同年凌雯六十》）如此黑暗的現實推動了他們的心靈向故國回轉，華世奎在詩中明確說：「莫怪陳咸遵漢臘，都由新莽壞周官。」（《和潤台戊辰除夕偶成四律即次其韻》之四）詩用西漢陳咸典故，陳咸在漢成帝、哀帝朝爲官，王莽篡位建立新國後，陳咸辭官回鄉，但年終祭祀仍用漢家臘祭。華世奎以陳咸自比，表明不忘前朝的忠心，同時以王莽政權之壞影射現實，時局之壞更加深了他對故國的眷念。

三

民國建立之後，所謂的共和體制并未給國家帶來穩定與繁榮，反而割據爭鬥不斷，民不聊生。在諸多遺民看來，朝代的更迭不僅導致了政治秩序的潰亂，更令他們絶望的是傳統道德的淪喪與詩禮綱常的瓦解。

一九一八年，遺民梁濟自沉積水潭，他在《遺筆匯存》中寫道：「人民無判别是非之常識，信以爲共和國但取人生行樂，無須檢束準繩，於是舉國若狂，小人無復忌憚。」「據現今人民現况，舊道德已厭棄，新道德未發明，法紀蕩然；人心縱恣，從惡如崩，竟有一瀉千里之勢。」傳統道德被拋棄，又没有新道德與法紀約束心行，以至於「全國人不知信義爲何物」。梁濟認爲，如果正義、真誠、良心、公道等「吾國固有之性」「立國之根本」喪失，長此以往，則「國將不國」[一]。梁濟自盡後，他的遺書被其忘年交——津門名宿林墨青選編爲《遺筆匯存》影印出版。作爲林墨青的好友，華世奎對梁濟之言自然會熟知并有同感。梁濟所言所憂慮在華世奎詩中也有鮮明體現，他在詩中寫道「禮樂詩書久弁髦」，（《李君仲平屢有書

[一] 梁濟著、黄曙輝編校：《梁巨川遺書》，《遺筆匯存》，華東師範大學出版社二〇〇八年版。

來屬題所藏曾左諸公手札報以三絕句》）「名教綱常委劫塵」，（《壽陳筱石夔龍制軍七十四首》之四）「國綱一墜人心壞，群趨炎熱逐羴臊。」（《壽高彤皆同年凌雯六十》）清室遺民們對世道凌夷之時名教綱常的淪喪與詩書禮樂的廢棄深感焦慮與痛心。

站在維護傳統儒家文教的立場上，華世奎對五四以來的新文化、新思想的播揚進行了批判，他在《壽王仁安表弟守恂六十》詩說：

舉國醉新學，變夏將用夷。經訓等弁髦，村哤尊鼎彝。自古文字劫，不數秦燔奇。君亦識時傑，而懷存古思。願君挽狂瀾，百川障東之。一如君行文，快刀斬亂絲。上以承絕學，下以覺後知。

新學流行，學習西方文化成爲時代潮流，而代表傳統文教的經訓則被廢置打倒，他認爲對於傳統文化而言，這一災厄比秦始皇焚書坑儒還要猛烈。緣於對舊傳統的維護，他對王守恂提出「存古」的期望，希望他在承續傳統上有所作爲。乙卯三月，杜門不出的華世奎重游天津縣學，回想自己的科舉之路與當下情勢，有感而發云：

「逼人妖焰秦燔熾，滿地兵戈夏社墟。只此一方乾净土，禮門義路且停車。」（《乙卯三月重游泮水感賦十首》）滿地兵戈，新學逼人，只有縣學一隅尚是保存禮義之迹的乾净之地。他説：「天津府縣兩學均在東門内大街路北，近二十年來，各府縣學宫毁改殆盡，如天津兩廟俱存者少矣。」（《乙卯三月重游泮水感賦十首》之一注）他對新學大潮中天津學宫倖存感到欣慰，然而令其痛心的是府縣兩學的建築及儀制都遭到了破壞，不能再承擔培育學生禮義綱常之重任。他在詩中説「學校培材外六經」，注云：「學校廢經不讀有年矣。」（《乙卯三月重游泮水感賦十首》之九）新式學校不讀經書，道德綱常無從談起，這在華氏看來是教育的重大失敗，影響到了國家的前途。所以他在評述近代教育時曾云：「中國局面之壞，壞在兩個人身上，前有張文襄，後有嚴範孫，把局面就弄糟了麽！」由此可見，華世奎反對清季張之洞、嚴修推行的教育改革，對廢除科舉考試極爲不滿。而這一不滿的表達也體現了文化保守主義者對科舉廢除後傳統道德與文化日漸沉淪的憂慮。面對傳統的式微，華世奎以保存舊學爲己任，渴望有所作爲。他在《張少元鴻來博學善政乃士之有恒者，兹值其六十生日贈以長歌》詩中説：「妖星貫日狂飆起，詩書六籍秦火焚。收拾餘燼吾儒責，寸鱗片甲皆奇珍。死灰既有復燃日，尤賴木鐸行孟春。」詩中表達了鮮明的責任意識，要爲名教承續貢獻力量。他還在「烽火連年羽檄馳」之時，勉勵趙元禮「珍重此身留有用，莫教空嘆黍離離」。（《和趙幼梅元禮七十自述原韻二首》）珍重身體，是爲投身文教作準備。他稱贊友人爲存續舊學所做的努力，「文字橫罹無量劫，典型尚有老成人」，「鄉校不容隨俗毀，尼山應許作功臣」。（《和李愷園對翁重游泮水四首即次其韻》之一）

一九二七年，嚴修動議已久的崇化學會正式進入籌辦階段，華世奎率先捐款，并會晤天津道尹，勸説他贊成崇化學會之舉。華世奎爲崇化學會的建立奔走募捐，爲選擇會址與嚴修、趙元禮費心籌畫，又與趙元禮陪同嚴修拜訪章鈺，鄭重聘請他爲崇化學會主講。華世奎襄助嚴修創辦「崇化學會」，可能是他卦冠以來出現在公衆視野中最多的時候。其《乙卯三月重游泮水感賦十首》之十完整述及了崇化學會的立與廢，他説：

幾費經營幾折磨，明倫堂復起弦歌。十年人樹園中木，一旦風掀海上波。
成就事難分散易，承平時少亂離多。何堪重展芹香宴，但祝斯文伏萬魔。

詩中注：「丁卯之秋，範孫與余約同鄉耆立崇化學會，召集學生講經課史。先假嚴氏蟫香館設講席，聘長洲章式之主講。範孫故後，輾轉遷徙，至乙亥秋始將指定之府廟東偏明倫堂前後一段地基房舍收回，遷入作爲會址。先後十年，頗有成就。丁丑三月，式之逝世，夏間兵事起矣。」又云：「津俗新生謁廟日行禮畢，醵飲於學宫，名曰芹香宴。今者科舉久停，無從與宴，世亂愈亟，杯酒不歡，僅於月之二十八日與稺蔆兩人謁廟行禮，并攝影於泮池橋側，藉存此説而已。」崇化學會的宗旨是「延國學之墜緒，衍固有之文化」，「講求國學，補學校之不及」。分「義理」「考據」「詞章」三科，以程朱理學、古文經學、桐城派古文爲學習對象。崇化學會的宗旨和教學内容合乎華世奎回歸傳統文教的訴求，這也是他積極投身其中的原因。經嚴修、華世奎等辛苦經營，崇化學會辦學十年，頗有成就，但最終因日寇入侵，戰亂再起停辦。從華氏詩句「成就事難分散易，承平時少亂離多」，可見他對晚年付諸心血之事業的荒廢充滿悲慨與辛酸。儘管「科舉久停」，「世亂愈亟」，他仍然遵守舊制，堅持在學宫行拜謁之禮，這也足見其維護儒教之堅貞。

華氏對傳統的堅守還體現在他具體的教學實踐中。一九二八年嚴修、林墨青又創辦國文觀摩社，華世奎擔任評閱老師。一次他以《四書》中「放利多怨説」一句爲作文題。學生劉炎臣文中運用了「需要」「社會」等新詞匯，他閱卷時眉批云：「『需要』二字不入文」，又批：「『社會』二字是新名詞，入文終嫌不雅。」[一]他反對新名詞入文，可見其保守，更可見其渴望重建舊學傳統的執著。在名教淪失之際，華世奎積極投身文教事業的行爲，讓我們看到了他作爲一個「文化遺民」忠於傳統文化的情愫。

四

華世奎一生忠於清室，渴望恢復傳統文教，其心其行可謂與時代潮流相背而興。也正緣於此，像華世奎這樣的清朝遺民往往會被論者貼上「頑固」「倒退」「落後」之類的標籤。一九三〇年，陳寅恪在爲馮友蘭《中國哲學史》上册所作《審查報告》中曾説：「凡著中國古代哲學史者，其對於古人之學説，應具瞭解之同情，方可下筆。」[二]所謂「瞭解之同情」，即評論者設身處地回到歷史現場，以當時的價值標準爲參照來評價古人，而非僅僅以今日的價值標準來評定，否則就不免苛求古人。

[二]馮友蘭：《中國哲學史》，華東師範大學出版社二〇〇〇年版，第四三二頁。

我們今天如何認識《思闇詩集》中的「貞節」？若僅以今日價值標準爲參照，難逃「落後」「頑固」的評定。若我們對其「瞭解之同情」，則有助於認識歷史上真實的華世奎。郭則澐在《思闇詩集序》中說：

> 公嗜飲，於泉明爲近，每中酒，縱談興廢事，輒痛哭不能自制。其惓惓君國，深憂隱痛有泉明所不及者。嗟乎！當舉世波靡之會，倫紀名教蕩軼殆盡，而猶有君子焉。排隤俗、厲高節、存一發於垂絶之頃，是可敬已。

其子華澤傳《思闇詩集跋》中也云：「先君貞節公亮節孤忠，四方欽矚。」可見，華世奎當時贏得世人敬仰就在於其「亮節孤忠」。作爲最具新思想的士大夫嚴修也稱贊他說：「惟君志節我弗若，能一表裏貫始終」，「天賦剛德本殊衆，至老不渝鐵石衷」[二]。（《壁臣親家同年六十壽詩》）華世奎前拒民國政權，後拒日人及漢奸的拉攏，作爲清室遺民，他潔身自好，不計私利，忠於操守，保存完節，其人品與氣節自有可貴之處。特別是身處惡劣政治環境之下，與一些趨炎附勢、見風

[二]嚴修：《嚴範孫古近體詩存稿》，一九三三年鉛印本，南開大學圖書館藏。

使舵，甚至認賊作父的遺老相比，其人格操守反而能令我們有幾分肅然。因此華世奎詩中展現的濃鬱遺民情結，是清遺民文人心態的一個縮影，也是考察民國文學不應忽視的内容。

序言

靡靡之世，庸夫淪焉，哲士卓焉。其遺世孤迂，蟬蜕於塵壒之表，芳馨悱惻，菀結於中，傫肰罔可告語，奚以宣之？亦宣之於詩而已。陶集尚矣，然泉明未嘗自書，賴坡翁書之。宋元以來，遺民恒以詩鳴，而手藁傳者終鮮，讀者憾之。年丈華貞節公，并世之泉明也。嘗與先太保同掌内制，國變後，完髮遁居，當道雖摯交莫能網羅致之。則澐居海津，屢接談讌。公嗜飲，於泉明爲近。每中酒，縱譚興廢事，輒痛哭不能自制。其惓惓君國，深憂隱痛，有泉明所不及者。嗟乎！當舉世波靡之會，倫紀名教蕩軼殆盡，而猶有君子焉。排隤俗，厲高節，存一髮於垂絶之頃，是可敬已。公之歿也，則澐爲草遺疏，且會諸舊臣，請謚於行朝。度公有知，庶幾少慰。獨念其斁生忠讜，三十年來芳悱菀結，莫能自宣者，惜不尋遺集傳之。此嗣君於遺篋中獲其手書詩卷，曰《思闇詩集》。公之女夫，撫萬軍督，將謀印行，出以示則澐，且督爲之序，乃嘆公遺世孤迂，其傾抒積抱以昭示後世者，固已自計及之矣。其詩如高峰出雲，舒卷成綺。閑適之致，雅近泉明。書則效法魯公，尤見風骨。世衰道否，即求之文字，亦往往蕩軼法矩，以浮囂相尚。如公之沈實精婷者，有幾人哉？然則是編出，使後之才彦讀其詩，睹其書，因以想見其爲人，而得所矜式焉，其亦末流之針石也歟！歲在昭陽協洽如月，年愚侄郭則澐拜序。

序

杜陵忠愛，詩篇存敦厚之風。魯國孤貞，書法具堅剛之氣。六體最崇於鐵畫，八音首冠以金聲。其奮百世而可興者，必貫四時而不改者也。吾鄉華貞節公，蚤翔清禁，潤色龍綍；晚息邁槃，寄情鷗舫。裙題白練，争求鶴口之書；詩鏽弓衣，已重雞林之價。昔者，四箴之卷，雙烈之銘，久已播在書林，資爲墨範，戲海游天之妙，鵝换難求；瀟風晦雨之晨，雞鳴不已。《思闇詩集》成於晚年，蓋自玫玉以還，遂多鏘金之句。梁鴻五噫，猶餘過洛之悲；屈平九章，獨寄涉江之感。風旨微渺，楷法精妍。落煙雲而疊衍牋，積日月而成巨帙。思肖心史，何須秘以銕函；率更手書，原自寶同金薤。公壻寧河齊督帥以爲，幽光必𤏳，難終爲石室之藏；正氣堪師，寔足壯金湯之色。借家珎以公一世，付景印以壽千秋。後之覽者，見縣針垂露之姿，憶緩帶輕裘之度。哲人已遠，古今未墜。斯文歷劫不磨，天地長留此卷。癸未仲春靜海高毓浵謹序。

公手書詩集，每題自爲一紙，都二百餘葉。茲編排比聯接釐爲上下二卷，卷首標題以及署簽封面皆刺取集中之字，放縮綴合成之緣，公書法之精，雖當代善書者見之亦爲之閣筆也。附贅數語，以告讀者。毓淜又識。

目録

思闇詩集　卷上

思闇詩集　卷下

思闇詩集　卷上

驟雨

大雨來何驟，須臾溝澮盈。風狂無定向，雷啞不聞聲。驚走檐前雀，深藏樹底鶯。是誰撥雲霧，轉瞬月輪明。

病足

千秋高士陶元亮，一代詩人陸放翁。愧我望塵都弗及，胡天降沴與相同。坦途盡化荆榛域，上藥難收尺寸功。斯世料無容足地，閉門藉此隱牆東。

送別彤皆游幕江寧步芰洲韻

富貴浮雲豈所求，悤悤橐筆賦南游。車輪碾碎千重夢，月色平分兩地秋。桃葉渡頭漁父櫂，杏花村外酒家樓。眼前多少新詩料，拓我胸襟寫我憂。

大風

葵扇蕉衫爛漫游，大風倏忽起林陬。天旋地轉心無主，石走沙飛勢愈遒。入望都迷争合眼，欲行不得且回頭。最驚人是灘頭浪，頃刻清流换濁流。

次日風仍未息又成一絶

徹夜狂風吼不休，披衣强起續前游。誰知巽二偏貪飲，僕僕隨人上酒樓。

甲寅九月入都有感

又御風輪入帝閶，凄凉天氣近重陽。秋林紅葉春争艷，昨日黄花今又香。何處樓臺尋舊夢，誰家兒女唤新娘。夕陽無語空惆悵，姑向黄壚醉一場。

甲寅冬十一月自題小照二首時年五十一歲

荏苒年華五十强，渾如一夢熟黃粱。本來面目存真我，猶是兒時華七郎。

田園株守作閑人，文物衣冠付劫塵。惟此弁髦難割愛，留同綵服壽雙親。

壽張母武太夫人八十二首太夫人，協卿、仲佳昆仲母

比鄰累世挹清芬，賢母風徽自昔聞。五夜機聲牆外月，四時炊影樹頭雲。茹貧不廢禮兼法，到老仍持儉與勤。積厚天應增福算，大齡八秩重鄉枌。

海宇秋澄繡婺光，嘉辰半月過重陽。金齏玉鱠羅珍錯，風瑟雲璈協羽商。晋國精神松柏健，燕山佳話桂枝芳。策瑜况是同年侶，攜手登堂捧壽觴。

次韻和張協卿鄂中見寄之作

滿紙牢騷語，開緘正酒闌。旅愁攖疾易，時事愜心難。北海無文舉，東山有謝安。一枝棲尚穩，暫此寄江干。

閑居

避弋冥鴻脱餌魚，田園三載賦閑居。臨池墨雨償新債，滿堂塵香理舊書。冷眼静觀時事變，冲懷漸與世情疏。窮愁不作牢騷語，菽水晨昏樂有餘。

贈别彤皆步仲佳韻

飆輪輦到大江春，别久相逢笑語新。幾日還鄉同過客，憐君作嫁尚依人。偷閑姑了向平願，守道不辭原憲貧。聞説南行期又迫，奈余拼與病魔親。

叠前韻寄彤皆

屈指剛逢婪尾春，賣花聲裏客愁新。遥知歸夢常千里，可與論心有幾人。詩酒情懷應不減，尊罏滋味尚宜貧。書來莫怪遲相答，人到無言情愈親。

足疾又作

舉步無端不自由，一年一度困床頭。幽囚似縛蠶身繭，痛楚真攖蠆尾鈎。未老山濤先策杖，已歸王粲懶登樓。人言縱飲斯爲累，無酒誰澆萬斛愁。

賀喬亦香保衡重葺廳事落成四首

一從攜手返林泉，嘯月吟風異昔年。愧我貧無園半畝，余歸家後僦屋而居。羨君舊有屋三椽。榛蕪翦拂當階草，桑土綢繆未雨天。門外紅塵誰管得，北窗瀟灑且高眠。

滿架圖書滿院花，人生何樂不歸家。清風爲掃高賢榻，曲徑難通俗客車。子玉座銘懸百字，髯蘇齊額榜無邪。亦香中年學東坡書，收藏蘇帖甚夥。如何粉白新泥壁，一任書顛亂點鴉。亦香不時促余爲書先賢格言，懸之床壁間幾遍。

燕雀無勞賀廈成，二三知己悄飛觥。交情松鶴寒方見，鄉味蒓鱸手自烹。亦香善烹飪。安得工詩有高適，可憐止酒到淵明。彤皆時客姑蘇，余因足疾戒飲。窗前月色凉如水，好待宵深送客行。

禮樂詩書付劫塵，家風依舊重儒珍。侯門稚子能勤業，捧硯童孫大可人。夏鼎商彝三代器，蘭芳菊秀四時春。而今堂構規模具，慎守箕裘慰苦辛。

雙烈女一百韻 并序

南皮張紹庭，挈妻金氏來天津，挽車自給，有女二。北里戴，富有者，聞其貧，謀誘致二女，詭遣媒，爲長子求婦。會紹庭喪所賃車，聽媒言，聘金所得償所失也。許之次女。無何，紹庭死，戴遣妻馬往説金，迎與同居。居數月，金洞燭其隱，他徙。戴止長女弗遣，而相遇益虐。尋奪歸。戴訟金悔婚於官曰：長女長婦也，次女次婦也。官判屬次於次，長則否。戴不服，僞爲婚券，二上訴，乃一依僞券行判定。二女同飲毒。死時，丙辰三月十七日也。爰次其事紀之以詩。

世運有升降，天理無盈虧。大堅終不磷，大白終不緇。張家有二女，寄居沽水涯。幼者十四齡，長祇長三期。父死家益貧，貧無地卓錐。佐母以十指，聊此忍寒飢。湫隘門近市，曾未踰閾嬉。生小慕芳潔，懿德乃秉彝。方其父在時，迂懦爲人欺。誤以季女身，輕許戴家兒。孰知所業賤，出言駟莫追。孰知所望奢，得隴蜀并窺。何物膽彌天，鬼蜮馳陽曦。助有長舌婦，簧鼓鳴村鸝。垂人孤又寡，巧誘言如飴。枯鱗難得水，馴蹄易受羈。果然入我彀，嗒焉寄人籬。薰蕕儼同器，鄭雅終异宜。禮貌猶未衰，形迹已可疑。鬱鬱久居此，心顔殊忸怩。雪來柳已往，脱身出險巇。險巇不可脱，幽閉我伯姬。一朝母返顧，面目枯且黧。女哭向母訴，苛虐匪所思。强揉直使曲，欲削觚就規。喜則餌粱繡，怒則威鞭箠。須臾勢難忍，有計宜早施。不然白蓮花，將落淤泥池。女言恨切齒，母聞痛刺肌。行行重行行，奔命何辭疲。河東獅忽吼，追我攫我頤。幸纓冠而救，乃突圍而馳。黄鶴去不返，鼠雀牙角楮。一訟情猶平，再訟冤已滋。亦曰婚有據，證有媒可咨。孰一而二之，孰虚而實之。胸無秦王鏡，何以爲士師。舉世談新理，官箴久駢枝。愈變法愈壞，愈尊心愈私。敢犯千夫指，而徇一面詞。謬使苕與華，順協塤與篪。是非一顛倒，鐵案山不移。有天無日月，全局皆盲棋。既以翼附虎，遂欲珠探驪。鳩媒前致詞，剋期雙結褵。先禮後兵繼，不從庸有裨。賢哉小姊妹，鐵石盟心脾。誓與玉同碎，不甘金有疵。匣有然燈燐，瓶有濃酒脂。背母和以飲，一飲人一卮。晨興執炊爨，從容猶昔時。亭午母出歸，神色頓支離。母始恍然悟，往復覓藥醫。女曰母毋然，好醜争毫釐。妹渴偶呼水，姊猶恐死遲。正色懔難犯，兩心堅共持。攜手九重泉，其樂也怡怡。姓字滿城香，萬口齊聲吹。此曰無源醴，彼曰無根芝。一爲考世系，宗派出南皮。南皮舊勳閥，代有簪纓貽。或登宰輔録，或紀表忠碑。玉堂或金馬，保障或藺絲。一人遠離鄉，輾轉喪其資。將車已寧戚，恤緯又周嫠。藉非二女賢，孰爲聯宗支。豈惟聯宗支，益以壯門楣。無亦祖德懋，埋久發愈奇。嗟嗟世俗人，所見一何卑。每爲育男喜，多因生女悲。丈夫志四方，若是大有爲。國家幸無事，得地皆皋伊。即遇滄桑變，何物不龍彲。不義富且貴，大戒垂宣尼。墨翟悲絲素，楊朱泣路歧。芳不千古流，臭或萬年遺。有女今若此，巾幗雄鬚眉。是以古有云，閨門王化基。禮重内則篇，風黜桑中詩。我邑濱大海，繁庶百臨淄。民風義以俠，女德純無漓。昔者費宮人，袖刃屠凶魑。孅行踵相繼，旌節花紛披。一自海禁弛，頓使禮俗衰。無問南山妹，或爲北山姨。手挾一束書，衣巾雜縞綦。逐隊游街衢，有如雲祁祁。翻謂行多露，腐説隔宵糜。雨雪霰先集，涓流成漫瀰。防身甚防川，胡爲澤不陂。砥柱峙中流，雙峰何嶔崎。爲天留正氣，爲國張四維。森森貞女墓，巍巍節烈祠。觀者如牆堵，趾錯肩爲隨。高官薦俎豆，武夫搴旌旗。誄歌罄竹帛，瞻禮來羌夷。豐碑矗原野，青史昭來茲。榮莫榮於斯，慘莫慘於斯。表揚吾有責，風化誰之司。罪人不可得，此恨無窮期。

贈別段少滄同年書雲歸徐州四首

錦囊玉珮紫貂裘，共步鑾坡聽曉籌。回首五雲成昨夢，傷心九載又中秋。君如來去盤空鶴，我似浮沈貼水鷗。差幸歲時常晤聚，天涯淪落幾同舟。

一燈相對話羲炎，左有長髯右短髯。管鮑交情貫終始，邴張性格本莊嚴。如何琨玉秋霜質，竟受瓜田李下嫌。毀譽有如蚊過耳，任他黑白混形鹽。

游讌歸來日未晡，琴尊灑落集賓徒。歡留叔度方三日，又送鴟夷去五湖。錦繡河山秦帝鹿，蒼茫雲水步兵罏。長安居久原非易，薪貴烏銀米貴珠。

唱罷驪歌欲展輪，南行一步一荆榛。游魚唯唯初歸壑，猛虎眈眈殊畏人。遍地已無乾净土，何時重作太平民。好將謝墅安排定，早向桃源來問津。

楊筱坪丈光瑢有海天放鶴圖遺照次君冠如葆益重摹改裝長卷屬題

關西自昔重伯起，我邑亦有楊夫子。香吟先生。鱣堂危坐六十年，凡附門牆皆桃李。

夫子有弟曰筱坪，早歲黌序蜚英聲。莘莘同學諸年少，尊稱其弟因其兄。始則一門聲相屬，久乃道路耳而目。無問白叟與黄童，人人呼之楊老叔。老叔之名親而尊，老叔之人和而温。萬事俱以一笑置，胸中無復城府存。三世論交泯形迹，與我忘年尤莫逆。小樓呼酒春燈紅，静院敲棋秋月碧。我謀禄養去京華，君游海上浮秋槎。惟士爲能無恒産，舌耕筆耨成生涯。海上名流走相望，風景流連互酬唱。有人爲寫放鶴圖，海闊天空肖其狀。泛櫂歸來計愈窮，老馬將以鹽車終。微聞名駒伏轅下，才可千里非凡庸。一日襆被來京洛，曰有一事重相託。譽兒古有王雍州，拔陋今惟范孟博。四門廣闢方求賢，焚香薦之王公前。簿書錢穀姑小試，爛然聲譽馳遼燕。蒸蒸日上騰光彩，湫隘囂塵更爽塏。可憐椿老蔭先凋，子欲養親親不待。親不待兮可若何，思親涕泗空滂沱。重摹畫像作長卷，闡揚舊德徵新歌。我敢琅函披錦贉，一見故人心悽慘。彼何時兮此何時，俯仰不勝今昔感。吁嗟乎！世局至今危復危，問君是否丁令威。倘能化鶴來棲華表上，應嘆人民猶是城郭非。

和諸葛篤我錫祜八十自述原韻三首

比來耆舊曙星稀，獨有寒松耐歲時。養壽今爲生世佛，明倫昔是救時醫。霜髯雪鬢睢陽侶，竹杖芒鞵務觀詩。多少故園舊桃李，介眉人各一杯持。

烽火年年羽檄遲，河山視等小兒嬉。滄桑幾見經多難，邊豆空存廢所司。失馬塞翁閑是福，觀魚濠上樂誰知。人閑衹有長生好，攘利争權總是痴。

芝蘭玉樹影交加，綵戲春燈玩物華。膝下兒孫都有造，眼前富貴漫相誇。琴尊斗室乾坤大，風雨空山歲月賒。倘是太平猶有望，姜璜應自上魚叉。

謝許生鶴舫桐自江南寄贈蘭草

開緘一讀一參詳，陋室乃聞王者香。曾近九天承雨露，肯偕群艷競丹黄。栽如得地誰能伍，生不逢時亦自芳。勝似一枝春遠贈，長留空谷伴疏狂。

壽嚴範孫親家六十己未三月十二日

少小知交老更親，共投林下齒齊民。我無遠志甘藏拙，君有雄懷勇作新。足迹遍經中外海，心傳奚止萬千人。但期天不斯文喪，珍重期頤百歲身。

和趙楚江毓楠八十述懷原韻

朱顔緑鬢氣如春，太守當年第五倫。祇以風雲時有變，故教猿鳥日相親。中原文獻群倫望，古處衣冠一个臣。陵谷屢遷心不老，寸丹總是向楓宸。

叠前韻題楚江撫松圖小照

獨占人間不老春，蒼松品概罕同倫。送雲歸岫意何暇，呼月入林清可親。一木恨難支夏社，五封耻復作秦臣。百花盡逐番風去，常與丹楓拱帝宸。

偕朱經田淩潤台同游京西岫雲寺次潤台韻并爲經田壽

又過湖園百感生，梯山聊向上方行。秋林已報霜前信，好鳥飛來天外聲。共策筇枝探勝境，閑敲棋子答疏更。此間信有桃源樂，恨學淵明記未成。

在山泉比出山清，曲水流觴倍有情。寺有曲水流觴亭。誰是學仙誰是佛，幾人醉眼幾人明。那能塊壘澆多許，最好瞢騰過一生。況對高岡松柏茂，雄拼大斗續前盟。

自岫岩歸潤台又以紀游詩見示即席依韻和之

長策全無用，人人杖短筇。來游雲裏寺，愧食飯前鐘。倦鳥棲幽谷，飛猱據上峰。可憐銀杏子，寺有銀杏樹，俗所謂帝王樹也。寂對後凋松。

世亂知何極，偷生天地間。琴尊陪北海，薇蕨滿西山。明月自今古，閑雲時往還。滄桑經幾變，種種不相關。

服闋祭墓歸途中作

手澤桮棬尚寢門，數年心事向誰論。一生唯有晨昏樂，萬死難酬顧復恩。入夢音容終蜨幻，無情日月似駒奔。麻衣脱後休輕棄，上有孤兒血淚痕。

董翔周玉麐購得文恭師相書畫各一方共裝一直幅屬題報以七絶二首

二十年前老帝師，洛陽片紙重當時。宮牆美富窺難盡，游夏何能贊一辭。

匡時良策屬江都，餘技兼通畫與書。自是雅人有深致，心香一瓣禮瓶廬。

題馬景含家桐三十一歲小像二首

幼小相親日往還，而今滄海幾桑田。披圖似不曾相識，何處翩翩一少年。

竹笠芒鞵伴此身，人中畫聖畫中人。弁髦到老休輕棄，同向荒山作逸民。

清明上墓

五十餘年繈褓身，哀哉三載哭雙親。今生無復瞻依望，地下誰爲侍奉人。點點酒漿和泪滴，年年榆柳逐愁新。紙錢一路風吹盡，回首天涯萬丈塵。

次韻和芝洲長夏感懷

坐隱閑棋度日長，丁丁餘韻繞空梁。静垂粗竹簾三尺，倦卧輕籐簟一方。座上論文今李白，枕旁試扇女黄香。次女澤愉侍奉周洽，夏夜驅蚊捕蚤恒達旦不眠。只今莫問興亡事，雪藕冰桃取次嘗。

壽張協卿克一六十二首

世守青氈作德鄰，與君少小便相親。往還文字無虚日，終始交情有幾人。散步酒壚時話舊，驚心棋局屢翻新。乘田委吏姑安命，人有恒言仕爲貧。

昨朝戲綵拜萱堂，太夫人壽辰先協卿一日。今日東籬又舉觴。遍插茱萸兄弟樂，環羅蘭玉子孫昌。祇因親健難稱老，不允人來賀杖鄉。家慶如君貧亦樂，況饒紅袖夜添香。

壽高彤皆同年凌雯六十

矯矯高子人中豪，胸羅墳典揚風騷。出游國庠尋墜緒，歸輯邑乘研毫毛。一燈一硯坐相對，口吐絲出心爲繅。百忙之中抽一暇，吉祥文字時捉刀。今逢華誕周甲子，争獻瓊玖報投桃。況我早與聯桂籍，卅載重以金石交。侑觴胡可無一字，靦顔持鼓雷門敲。刪去諛詞放直筆，一寫磊落之清標。瑰材雋思姑弗論，禮義廉耻中流篙。居身白不圭璧玷，律人如己無寬饒。一語不合掉頭去，怒髮上指衝雲霄。綺羅豈入阮咸目，斗米難折陶潛腰。所以十出九不遇，草草空嘆勞人勞。有時儒生亦談命，金寒水冷相笑嘲。金經百煉寒不鑠，水到成冰冷不濤。在天爲道地爲寶，愈寒愈冷愈堅牢。國綱一墜人心壞，群趨炎熱逐膻臊。涓涓不塞江漢廣，方寸之木山樓高。竊鈎者誅竊國賞，群虎噬盡人脂膏。連雲甲弟森棨戟，燕姬越女黄金巢。樓上笙歌夜達旦，樓下百萬哀鴻嗷。豈無仁漿義粟至，飽我囊橐充我庖。富貴豪華古無匹，轉瞬烈焰煙塵消。老儒依然一寒素，百變千變此綈袍。春花萎盡秋樹禿，獨有蒼松冬不凋。靜卧雲壑閱人世，山中歲月何逍遥。我懷此意急欲吐，篆刻不暇摹沈曹。有如乞兒沿户唱，薈萃村語成歌謡。但問有無酒與肉，請君早餉我一饕。兀然共醉窮檐下，羲皇之樂樂陶陶。

無錫族叔祖母朱太夫人八十壽詩

朱太夫人，族叔祖子才公配。族弟繹之之祖母也。子才公諱鴻模。繹之名士巽。

我與繹之弟，均栖碧公後。溯自元以來，爲世十有九。錫山宗派繁，譜牒盈尺厚。我已作北人，徙居天津久。有弟守宗祊，世世家蕩口。舊德食詩書，先疇服甽畝。朱氏太夫人，實爲弟祖母。含飴弄孫枝，康彊占無咎。屈指到今年，太歲在辛酉。正月廿一日，正值八十壽。方擬張賓筵，徵歌以侑酒。太夫人聞之，連呼曰否否。北地旱太甚，飢民疲奔走。虚擲有用錢，何若散灾藪。弟以錢授我，我爲分而剖。一活千萬人，人人咸額手。舉世競功利，民命夫何有。慈惠出閨門，多福允膺受。群獻祝鼇篇，室壁羅瓊玖。我無翼南飛，奉觴趨左右。迢迢二千里，郵寄詩一首。但得情意真，不顧文字醜。爲我獻堂前，用以祈黄耇。

壽朱年伯母陸太夫人九十十六首

太夫人爲喆丞𢼸雲甫同年錦永、叔綸之母。

五九名宗女德純，結衿來作紫陽嬪。兩家同秉東南秀，又種枌榆北海濱。朱陸均浙人，曉蕖年伯游幕北方，子孫遂入天津籍。

不逮尊章展敬忱，庭幃積憾與年深。蘋蘩親試羹湯手，藉慰南陔孝子心。

生計艱於挽鹿車，自安荆布黜鉛華。家貧事事親操作，入夜雞聲破曉鴉。

三珠寳樹蔭團圞，世事無如教子難。斗室篝燈勤夜課，勝歐畫荻柳和丸。

槃槃才略數元方，侍直西垣翰墨香。手捧五花官誥下，錦囊玉佩紫微郎。喆丞官中書科中書。

一年春事集南漕，兼佐神倉出納勞。策馬大通橋上過，桃花流水映宫袍。喆丞兼充大通橋監督。

日下聯吹仲氏篪，木天清望冠當時。龍門一秉量才尺，網得珊瑚答主知。雲甫己丑翰林，充甲午會試同考官。

外擢黄堂試吏才，板輿迎上鬱孤臺。陶廉雋恕馳嘉譽，都自慈闈訓誡來。雲甫截取知府，分發江西。

馳驅海上苦胝胼，將作群推季子賢。少小登堂同拜母，有如瑜策恰齊年。永叔與余同歲生，曾充上海機器局差。

憶昔聯鑣走上都，款賓截髪屢相呼。金昆玉友擎杯待，爲道公榮是酒徒。

交非管鮑亦陳徐，下榻高齋歲有餘。最是主人情誼重，鵲巢佳兆讓鳩居。余自庚子十月主喆丞家，至壬寅四月入軍機，迎眷入都，始移居。都人以鵲巢樹上爲吉兆，庚子冬有鵲營巢喆丞庭樹上，如斗大，喆丞戲謂余曰：此君入軍機之兆也。

無端荆棘暗銅駝，桑未成田海又波。世變無常家慶永，角亢兩宿朗秋河。

七十從來説古稀，老萊猶此舞斑衣。龐眉鶴髪皆兒輩，如此修齡不可幾。

廣開女學萃釵裙，紗幔高懸騁异聞。閲歷未深陳義淺，幾人上壽邁宣文。

樓臺歌管濫呼嵩，鼙鼓聲中門愷崇。獨屏繁華開雅讌，依然儒素舊家風。

闡揚懿德祝長生，製錦連篇酒滿觥。自愧孫山無妙筆，故應名字殿群英。京中舊同官以各體詩製壽屏十六幅，銜接而下，余一人書之，故名居末。

壽郭春榆前輩曾炘夫婦二首

出入承明曳紫緋，昔曾共傍五雲飛。突如海蜃沈朝市，剩有銅駝冷夕暉。萬丈荒塵温室樹，孤臣老泪首陽薇。寸丹耿耿觚棱月，雲譎風狂不肯歸。

福壽齊眉豈偶然，伯鸞節介孟光賢。芝階舞綵娱今夕，竹墅圍棋話舊緣。别四五年秋愈健，歷千萬劫月常圓。瓊樓玉宇高寒地，一曲霓裳會衆仙。

壽林墨青兆翰六十四首

安排酒琖數詩篇，耳順吟成白樂天。恰是上元前一日，霓裳雅奏會群仙。

祥雲靉靆日迷離，木鐸剛逢徇路時。扶杖靜觀鄉俗變，一年一换竹枝詞。

綱常名教唾灰塵，一髮千鈞勸孝文。蘭玉庭階先作則，萊衣綵絢海天雲。

玉山朗朗絶塵埃，龍馬精神矍鑠哉。愧我祇輸君一歲，早經棄甲笑于思。

壽鄧振宇崇光七十二首

小隱魚鹽物望收，時振宇爲長蘆總商。身雖將種薄王侯。振宇爲鄧善卿總戎啟元之子。五湖煙月鴟夷舸，卅載風霜晏子裘。高誼不辭山負重，坦懷常似水平流。知君定享期頤壽，閱盡滄桑未白頭。

社鼓聲喧七二沽，銅山舊閥慶懸弧。荆釵偕老眉齊桉，花萼聯吟書滿厨。松柏岡陵天保頌，蜻蜓蛺蜨古稀圖。同堂更有孫曾慶，滿地蘭芽長鳳雛。

壽楊敬林以德五十

我與楊仲子，締交二十年。生小同里閈，初無一面緣。邂逅始相遇，僕僕長途間。君方駕輕車，一日千里還。我乃就熟路，來聽太液泉。閑時一往復，每見輒欣然。酌我以杯酒，烹我以小鮮。臨歧問後期，雅意殊殷拳。妖氛忽東起，畿甸尋蔓延。白刃挺在手，紅巾垂及肩。昌言鋤异類，不憚釁開邊。血染使星車，風發將軍船。怒挾海濤來，一鼓擣幽燕。我邑首當衝，玉碎無瓦全。賴君通款曲，壺簞相周旋。風定柁爲轉，巢覆卵復完。那堪大兵後，繼以盜如蝝。胠盡莊生篋，偷及王郎氈。君曰吾有責，衆惡必察焉。大開擇能院，才畯羅滿前。識途豢老馬，擊惡騰霜鸇。鏡因物爲照，針無孔不穿。一無漏網去，衆乃安枕眠。論功邀上賞，畀以司虣權。一官逾十稔，國人皆曰賢。慨自周鼎移，法紀淪深淵。苛政南山虎，民命西風蟬。誰歟重蒙養，蓬巷聞歌絃。誰歟恤災黎，一擲千萬錢。誰歟飭路政，王道無黨偏。誰歟振商業，貨隧羅通廛。卓哉人中傑，狂流障百川。出民水火中，奠之衽席安。種德自收福，瑶芝産瓊田。清和夏四月，華誕開櫻筵。行年方五十，日月懸中天。群獻詩爲壽，璀璨霞光箋。我性素愚戇，恥以諛取妍。忝長君數歲，掬誠進一言。四維久不張，惟君其勉旃。

壬戌三月自京旋津早起登車途中作

隱隱宫牆曙色低，十年前事莫重提。莊周有夢都成蝶，祖逖無鞭懶聽雞。幾點疏星猶拱北，一鈎冷月漸沈西。是何到耳聲凄楚，橋上春鵑不住啼。

和李惺園封翁重游泮水四首即次其韻

封翁，廣東駐防漢軍旗人，光緒乙亥舉人，侍郎，李柳谿家駒之尊甫也。余與柳谿曾同任憲政編查館差。

滄桑世局屢翻新，非復承平雅頌辰。文字橫罹無量劫，典型尚有老成人。秋園晚菊霜中艷，冬嶺孤松物外春。鄉校不容隨俗毀，尼山應許作功臣。

早歲芹香擷泮宮，儒衿豈有濫竽充。遥遥華胄承唐後，鼎鼎才名擅粤東。吹籥瞬周花甲子，斵輪群拜老宗工。回瞻鼓篋橫經地，衹此靈椿不染風。

俎豆冠裳縱渺然，餼羊禮意重當年。開元故事從頭説，長慶新詩遍口傳。天爲膠庠留碩果，人將文獻付耆賢。藝林從此添佳話，已占箕疇五福全。

鯉庭詩禮冠巍科，家學淵源語不訛。柑酒今隨安道隱，梅羹誰起傅巖和。同爲北海遺民久，獨得南陔樂境多。歲歲老萊衣獻綵，行看重譜鹿鳴歌。

題余秋室二喬觀兵書圖畫卷 并序

是圖，余秋室集昔爲平寬夫恕作。一時海内名流題咏殆遍，後爲濟寧孫文恪師所有，南海張樵野侍郎蔭桓爲之記，番禺凌潤台同年福彭爲之書。時師方爲樞相，凌樞曹也。余與潤台，乙酉同貢，成均師主試。癸巳秋闈，又同領鄉薦。洎壬寅余入樞曹，潤台已來守吾郡，師則下世三年矣。師既殁，長君孟延同年梃尤精鑒賞，能世其藏。乃弟嗣子突與析産，無巨細割其半以去，孟延鬱鬱，旋歸道山，遺孤雲生照纔九齡耳。未幾，國體變更，中原糜沸，物無常主，人有异心，是圖遂輾轉入他人手。往歲潤台游都門，遇之廠肆，喜名寶重逢而當年手迹宛然也，斥重金易以歸。余自壬子旋里，潤台亦築墅津門，詩酒過從，每共晨夕，一日欣然出圖索題，受而讀之，名作燦列於前，蓋已無義不摻，無體不備，後有作者莫能外已！是時，雲生已爲余家壻，頗能讀書識大體，與談往事，輒欷歔泣下。昨忽睹圖几上，若不勝其戚者，因追念師門舊誼，俯鑒甥館欷然不釋之情，爲述是圖去來顛末，悉抛題中之意而爲畫外之詩，庶幾稍免刻畫唐突之誚也。夫濟寧尚書我之師，宏收精鑒羅珍奇，中有二喬觀書圖一卷，我友番禺凌子爲題辭。

凌子凌子絲綸手，温室涵育春風久。縱然桃李一時栽，南枝先花北枝後。無端曳杖聞悲歌，人亡其如政息何。落日白雲莽蒼狗，西風黄葉埋銅駝。我急收韁卸簪笏，我友亦此營詩窟。忽出長卷索句題，詑是程門舊時物。坐而叩以所從來，黄金重價收燕臺。畫者題者卓卓皆，巨手中有爪痕真。快哉！我聞斯言亦稱快，楊柳風流又見當年態。方爲得者喜，旋爲失者慨。依然璧是相如完，有誰餅學公羊賣。尚書之孫我館甥，幼丁家厄田斫荆。祖硯楹書半星散，脛珠翼玉成飛行。不遠摳衣昨來覿，相與披圖話疇昔。曉露蘭苕泪欲流，彌滋木壞山頹戚。吁嗟乎！乾坤寥廓日月長，離合聚散物之常。君不見，塞翁之馬歧路羊，一去渺如黄鶴黄。又不見，木蘭之櫝翡翠裝，楚人實移鄭人藏。何如此圖亡未亡，衣鉢傳諸弟子行，煙雲供養一瓣留心香。

此詩既書於原卷，還之潤台，更録一通以貽女壻雲生，以慰其歉仄之情，亦以證明故物之亡非其罪也。

翁弢夫斌孫以文恭師相所擬倪雲林江南春畫卷屬題謹題七絶二首

林泉清勝古今同，一葉扁舟兩袖風。江上峰青人不見，千秋心事畫圖中。

茫茫浩劫幾經年，是否桃源别有天。流水斜陽無限恨，一番展卷一潸然。

壬戌十月恭遇大婚入都朝賀蒙賞朝馬紀恩二首

蜷伏蓬茅十一年，趨朝暫附舊班聯。正風端自雎麟始，故主猶垂犬馬憐。年未六旬舊例，二品官未滿六十歲者，不列賞馬單恩破格，時方多難禮從權。鞭絲裊入雲深處，又見光明一綫天。

白頭宮監笑相迎，重過承明萬感并。千里雄心塵踏碎，一條頑骨鐵生成。據鞍顧盼誰家將，攬轡澄清此日情。無路馳驅餘感激，何時昂首一長鳴。

大婚禮成蒙頒賞家祠御筆望閥高華匾額一方紀恩四首

樂獻周南第一詩，寵頒宸翰壯宗祠。喜看鵠峙鸞迴勢，彌憶龍飛鳳噦時。家祭至今遵漢臘，鄉居依舊沐皇慈。有何風節侔蕭復，四字褒題愧汗滋。

庭訓諄諄戒勿忘，葺成棟宇奉烝嘗。書丹敢擬顏家廟，飛白如登陸氏堂。感徹九泉煙結篆，歡騰三族篳生光。便存俎豆千秋想，子子孫孫永寶藏。

曾掌絲綸侍禁庭，飫聞聖學懋沖齡。雲煙灑落勤書暇，黍稷涵濡明德馨。宏啟孝思詩錫類，妙通祭義禮觀銘。涓埃庸有酬恩地，惟祝單心古六經。

玉宇瓊樓寒且清，每逢令典賞猶行。深仁厚澤超前代，春露秋霜慰下情。萬樂晨昏餘簠簋，十年魂夢繞璣衡。舉頭君父皆臨上，拜倒氍毹涕泗橫。

癸亥上元鄒學勤廷廉招飲席間以詩見示次韻和之

鶴髪霜髯簇簇新，呼朋共醉上元春。升平點綴今猶昔，矍鑠精神主勝賓。閱盡人情誰厚薄，飽嘗世味忘酸辛。老來能享清閑福，便是羲皇以上人。

和學勤原韻

詩情酒興兩無厭，逸趣翻隨鶴算添。倚枕卧游山入座，圍鑪夜話月窺簾。台州豈爲深杯困，吏部偏將狹韻拈。賞罷春鐙還賞竹，從知蔗境老來甜。

和學勤大風原韻

夜深燈炧酒初闌，捲地聲來勢渺漫。空是大風誰漢祖，苦無深雪卧袁安。蟾輝吹落千林暗，蜨夢驚回一枕寒。料理春耕農望澤，爲驅旱魃淬吴干。

和學勤春雨原韻

連日濃雲布四郊，釀成膏雨潤枯梢。天開淑景催花柳，人祝豐年樂酒肴。流水聲中鳩學語，清風林下鶴歸巢。胸無一事扃門睡，不許人來夢裏敲。

和學勤喜雨原韻

緩步登輪趁曉陰，初猶微雪漸成霖。樓頭應有詩人聽，亭下曾無太守臨。草帶泥香縈屐齒，風含水氣撲車心。歡聲一路騰阡陌，歸扣柴荆漏未沈。余適自京歸。

和學勤原韻

天外冥鴻早見機，經時漸覺網羅稀。聯吟今日開陶徑，單騎當年突楚圍。滄海橫流淘不盡，黃粱好夢醒全非。故園尚有蒼松健，壽相清姿共鶴依。

張仲炤志潛屬題何詩孫維樸所畫幼樵師江寧故宅雪中雙松圖相傳此宅

大好園林江水濱，興亡閱遍幾千春。老松終古此顏色，不管誰來作主人。
絳帳摳衣憶昔時，稜稜風骨繫人思。即今故宅餘喬木，猶是臨風挺勁姿。
菽水晨昏去不還，綠陰濃處蘚成斑。不知多少思親淚，灑向寒青淡翠間。
老筆縱橫蒼且堅，披圖如見氣森然。歲寒何處尋三友，相對無言雪滿天。

王子銘廷楨奉御賜三秋圖直幅屬題恭題七絕一首

雨露無私沾溉寬，遥頒宸翰下雲端。春花撩亂迷人眼，且把秋容子細看。

六十生日述懷四首

落蓐剛逢遏密辰，是日，孝恭仁皇后忌辰。生來即是不祥人。年方及冠憂家乏，戊寅年十五值家中落。學未通經讀禮頻。重嶺大椿沉晚照，丙戌冬，祖父見背，丁承重憂。分庭慈竹隕貞筠。庚寅夏，復丁兼祧母憂。最長久是含飴樂，臣密依劉度九旬。祖母壽九十一歲。

五十懸車烏倦還，白頭堂上幸雙全。無端風雨驚殘夜，有限晨昏感逝川。父故浹辰七長夏，丙辰六月初五日，吾父棄養。母喪兩日四周年。己未五月二十五日，吾母棄養。春秋霜露皆悲境，獨到今朝倍惘然。

烽火連天鬼夜鳴，那堪子午溯雙庚。庚午，天津焚教堂；庚子，拳匪焚津城教堂。均五月二十三日。況從問鼎移周祚，動輒操戈薄漢京。榴結巾紅花濺血，蒲抽劍緑草皆兵。俗稱惡月今爲烈，多少人家哭祭聲。壬子以後，京津一帶戰事多在五月。

一年睡夢一年酣，六十年來百不堪。心似喪家無主犬，身如縛繭可憐蠶。撫松元亮空三徑，刻木丁蘭賸一龕。忠孝我今都已矣，泣題齋額曰思闇。

潤台以詩箋爲壽和韻書箋報之

匝地塵霾晝不明，蓬茅蜷伏暫偷生。茫茫蜃海雲千變，點點螢光月五更。豈是綺黄能養壽，愧非沮溺尚知名。白頭忍説開天事，聊與壺公續酒盟。

挽朱經田同年四首 并序

經田名家寶，雲南寧州人。光緒壬辰庶常散館，以主事分禮部，改知縣，除直隸平鄉知縣。值庚子拳匪之亂，獨具卓識，主剿不主撫，境内肅然，由是名譽隆起。不數年，累遷至吉林巡撫，調安徽巡撫，所至有誦聲。壬子後，一爲直隸民政長官。丁巳五月，以受復辟嫌疑去位，僑寓津門，遂不復問世事。初，京朝僚友，聯同志，結酒社宣南。余與經田與焉，賓主莘莘，頗極一時之盛。至是，又與同社諸子隱於津者，重起消寒社。身閑而迹益密，人少而情愈親。然强作達觀，無復當年興趣矣。經田爲人清勤樸愨，卓有古風。比以民困國危，輒思撥亂而反之正。顧事與願違，抑鬱成疾，一旦暴發，不須臾而逝。蓋其口不能言，而其憂之積於内者深也。溯自與經田訂交以來，相愛如手足，遇事則互相倚仗，無欺無隱，終始不渝，乃年未七旬遽焉。哀謝情不自已，哭之以詩。稱之曰同年者，乃兄家霖乙酉拔貢也。

莽莽秋原塞草黃，日中驚隕大星芒。北門昔種萊公柏，南國今餘召伯棠。破碎河山家萬里，淒涼風雨節重陽。菊花籬落清如洗，回首當年夢一場。

大地狂流勢渺漫，相從林下作黃冠。豈云日可戈揮返，終恨天難石補完。入地料無今世黑，蓋棺不變此心丹。中原底定何年事，空有詩留後代看。

昆季交情老更深，亂離中幸聚朋簪。寒消謝墅新棋局，酒酌黃壚舊竹林。萬事不容一轉瞬，百年能得幾知心。朅來儔侶凋零甚，空谷跫然誰足音。

三日前猶笑語温，竟無文酒可重論。不祥生壙成幽記，何意家庭著瑣言。大筆淋漓君魯直，俗書慚愧我平原。經田六十歲著家庭瑣言，歷述生平，自書付印，屬余爲書。《生壙記》章式之代周玉山年伯作也。多情是贊先君像，一讀遺箋一斷魂。經田爲吾父作像贊，其卒之前三日，猶道及久未書成爲歉。今讀遺稿，爲之潸然。

壽王仁安表弟守恂六十癸亥十一月初三日

今歲我六十，君壽我以詩。君今亦六十，豈我閿無詞。矧屬中表戚，閱五世於茲。弱冠便相習，雉囿争雄雌。既博甲乙科，連袂游京師。我直紅藥階，君贊白雲司。大策董江都，清才雋不疑。被命巡河洛，偶焉傷別離。文周忽再世，揖讓成戎衣。中原盡糜沸，先後歸林栖。吸來西湖水，泠泠清心脾。遂發千秋想，不輟丹鉛披。萬言日可試，一字人難移。著作等身富，窺測非管蠡。舉國醉新學，變夏將用夷。經訓等弁髦，村哤尊鼎彝。自古文字劫，不數秦燔奇。君亦識時傑，而懷存古思。顛君挽狂瀾，百川障東之。一如君行文，快刀斬亂絲。上以承絶學，下以覺後知。勿畏蛙聒耳，勿任羊亡歧。國有識字人，天有見日時。如是信足傳，奚止壽期頤。

壽張仲佳克家六十 癸亥十二月二十八日

衣冠塗炭詩書亡，吾黨乃有堂堂張。太邱三世締交久，緑楊城郭衡相望。憶昔年皆十五歲，横肱并坐校士場。君才大我且十倍，文壇酒陣聲雷硠。百戰不避晋三舍，一飲欲盡荛千觴。如是又經十五歲，羽毛漸滿鑣分揚。我學干禄去京國，君設帳爲群兒王。有時把臂不終夕，相見難於參與商。咫尺之間千里遠，蒹葭一水横秋霜。如是又逾十五歲，花花世界淪滄桑。棄甲歸來重相會，孤琴冷硯棲僧房。自古才士多不遇，奇氣盡發爲文章。雲開霧闔天地眩，山呼海吸涓塵香。文字愈老造愈妙，交情愈老味愈長。太息幼時皆重慶，五十後猶親在堂。陰晴瞬息千萬變，風吹木落東西牆。夢魂顛倒莊蜨幻，心神枯敗吴蠶僵。舉目可親餘朋友，一日一面傾蓋腸。我苦君無煖老術，君投我有却病方。如是又將十五歲，光陰荏苒感杖鄉。我欲勉步同甲會，遠難訪杜子丹咨韓伯鵬楊蘭坡。歲寒三友此相守，中有一人王漁洋。仁安以上四人，皆同邑故交，同甲子生。兩君卓卓斫輪手，互舉歌詞祈壽康。木桃愧乏瓊瑤報，瓦缶敢羼鐘鏞行。南村淵明方止酒，舍此奚由誠意將。祇期再過十五又十五，看君投餌，狂流釣上姜公璜。

壽曹梅訪同年廣楨六十癸亥十二月十五日

同膺貢舉生同歲，同直承明又有年。余與梅訪同歲生，光緒乙酉舉貢，同年壬寅先後入軍機。十畝陰濃雞省樹，兩心清印鳳池蓮。軍機故無薪俸，以收受外官賂遺爲固然。余入直後，首建議籌給堂屬及供事月薪，盡却苞苴不納。奏入報可。梅訪奉行最力。輪君筆溯鍾繇上，梅訪書法追步諸城。愧我鞭超祖逖先。余自小班公超擢幫領班，故先梅訪領班。今已白頭宮女似，那堪故事説開天。

風骨稜稜不鑠金，一朝典學出鷄林。梅訪因與鄉人共圖挽回株昭鐵路事，忤當道，出爲吉林學使。詩書共沐文翁化，道路先知司馬心。每私議某有逆志。麥秀黍油驚物換，雲耕月釣與年深。辛亥以後，與乃兄東寅同赴寶應墾水田，遂家於蘇。東寅名廣權，余癸巳同年也。遺懷惟有詩兼酒，都入香山耳順吟。

芳訊迷離南北枝，佳辰兩地倍相思。人間春早改王臘，天上月圓仍夏時。居洛昔聞同甲會，吹豳今譜介眉詩。中原文獻摧殘甚，珍重千鈞髮一絲。

亦曾今日舞萊裳，回首當年欲斷腸。是日爲吾父壽辰。今見背八年矣。自是湘衡鍾氣厚，梅訪，長沙人。定知松柏得春長。同舟江上尊坡老，梅訪事兄最謹，能人所不能。賃廡吳門挈孟光。最羡兒孫都一頷，山林中有郭汾陽。

挽錢幹臣同年親家五首并序

幹臣名能訓，浙之嘉善人，故刑部侍郎湘吟先生寶廉子也。幼慧而才，凡事耻居人後。既受恩廕，及歲祕不報，仍應童子試，冠其曹。爲諸生，乃入都就廕生。例試内用主事，分刑部。光緒癸巳與余同舉順天鄉試。戊戌成進士，就原職。癸卯以員外典試廣西。未歸，擢御史。凡所陳奏悉中時弊，尤以劾崇文門右翼監督溥善，聽從俄國領事榮輝等盜賣東陵地畝朦弊稅契一疏，爲詞義嚴正，卓著直聲，樞相徐公世昌由是器其人。巡警部立徐爲尚書，欲引余爲助，余方領袖樞曹，不遑兼顧，却之。問有能代君者否？首以幹臣對。徐曰：善是又勝君多矣。立調爲左參議。改民政部，擢左丞。部章警制悉出其手，區畫井然，徐實倚爲左右手。及東三省改官制，徐以欽差大臣總督三省，薦爲右參贊，自隨。旋兼攝左參贊。三省吏政，窳敗已久，其積弊之深，十百腹地且千萬焉！風氣閉塞不通尤甚，幹臣爬梳震蕩，務刮其垢而破其扃。不二年，舊習以次革新，政以次舉，而强鄰逼處不可剛柔，尤能遇事據約争辯。終其任，百不獲一逞，由是名譽大起，而謗亦隨之。官既裁，返京一攝順天府尹，旋簡陝西布政使，護巡撫。值辛亥之亂，爲變兵所困，憤甚，曰：吾不以清白身死暴徒手！疾引手鎗自擊，腹受二彈，不殊兵亦不加害，創漸平。密募敢死士若干人，製錢字大旗若干，事乘閑遣健僕賫書潼關，與官軍主帥約期，馳師夜襲咸陽城，預伏敢死士，城中爲内應。未及行而共和詔下，頓足於地曰：大事去矣！明年，挈眷歸，築室天津，奉母以居。居無何，當道以佐理需才，徵之起。余亟止之，至再三。泫然曰：吾幼孤，賴吾母苦撫而嚴教之，族人之我凌者，吾母又順承而曲喻之，備嘗艱險，以有今日。天既不吾死，吾亦隱忍不敢復死者，以老母故耳。今不出，如無以爲養，何遂應其徵。徐又秉國鈞，乃參知政事。迨徐正位白宫，則以揆席畀之。幹臣志盛氣鋭，富有濟變之才，至是益以天下爲己任。乃上下左右洶洶以功利相攘劫，一傳而衆咻之，沮其志不得行，積劬茹憤成咯血疾，遂退休知事，不可爲溺心佛老，猶思假神道濟人力之窮，然氣已垂垂暮矣。癸亥三月，太夫人卒，幹臣哀毁過情，觸發舊證，面槁骨立，幾不勝喪，仍力疾奉匶歸葬。葬畢北旋，病益甚，行不百步輒氣逆作喘，五十許人，羸弱若八九十者，頗爲之危。促之醫，則曰：吾事畢矣，死生可也。病且亟，余入都往視之，談笑如平時，神智湛然，於甲子五月初四日卒於京邸，去太夫人之喪年餘耳，皜皜乎衰絰猶在身也。嗚呼！昔余與幹臣一見如故，既結鄰而居，益稔其學識才力足與有爲而緩急可倚仗，遂訂生死之交，又重以兒女婚姻之好，情日益篤，契日益深，蓋三十年來無事不相謀，無時不相助也，豈區區文字所能道其一二哉！哭之以詩，聊以志吾哀耳。幹臣豪於飲，宣南酒社中健將也，故詩并及之。

癸巳秋闈後，翩翩始識君。金張承舊澤，班馬號能文。朗抱水中月，高情天外雲。有時宣酒戰，餘勇冠三軍。自與芳鄰接，彌欣茅塞開。閉門商諫草，越嶺網英才。遼海參籌久，秦關仗節來。忽驚天日暗，大地莽凶埃。拼盡忠臣節，難戕孝子生。重勞伊尹割，爲贍潁封羹。負土事方畢，蓋棺心乃明。悠悠十三載，誰與訴衷情。熱血都傾盡，狂瀾不斷流。厭看人逐鹿，頗羨客騎牛。道德原無忝，神仙豈所求。依然飢溺志，不死不干休。舊雨凋零甚，頻年泪欲枯。幾人餘白社，勝迹邈黄壚。樹老蟬聲苦，天高鶴影孤。斯文方墜地，名教共誰扶。

李采蘩文沼**爲余書扇藤蘿一枝頗饒生趣題二絶句其上**

輕紈淡抹一枝斜，妙筆生春潤紫霞。扇小終嫌風力弱，何時吹遍萬千花。

高藤逐架引枝長，獨此垂垂作醉妝。要學低頭低到地，不階聲燿自生香。

題馮夢韓滉**孫雲生**照**兩女壻爲余書畫紈扇**

六十衰翁眼未花，喜看雙玉耀瓊華。筆端都有清靈氣，一是書家一畫家。

題王儼如守恪**所得鶴舟先生山水畫幅**并序

鶴舟先生，名玉璋，滄州籍，儼如從高祖也。先生昔官廣東雷州守，以畫名於時，有南戴北王之譽。先高祖與先生爲中表兄弟。先叔高祖全樹公亦擅長山水，有兩直幅藏於家，頗與先生筆意相近。先生罷官後，久客姑蘇，津人藏其畫者甚鮮。一日，儼如得先生山水直幅於友人家，喜不自勝，屬爲題句。因念兩家舊誼，經百數十年之久，親好一如昔時，而一二手澤留貽，又皆五世，流遠源邇，曲异工同，洵一時佳話也。爰本此意，發之爲詩。

雷州太守全樹令，舊是南宗兩畫禪。顧陸百年成絶藝，蘇程五世證前緣。君家手澤相如璧，潄篋精華子敬氈。犀軸錦囊共珍重，好同琴鶴永流傳。

挽段少滄前輩同年

海内餘有三知己，君與浙錢滇朱而已矣。朱以去秋亡，錢以今夏死。一猶未葬一甫殯，悲風又自東南起。卅有餘載金石交，歲不一周，山岳同傾圮。我思君之言，氣充而味旨；我思君之貌，顔渥鬚髯美；我思君之意態，雄雄若天馬空中馳；我思君之丰裁，峻峻若長松千丈峙。懔懔乎，照人肝膽之清清於秋；淵淵乎，與我交誼之深深於水。是乃人中傑，胡遂止於此。昔我有過君爲規，今後畏友誰能爲。昔我有善君爲勸，今後再難謀一面。嗚呼！彼蒼者天兮何不仁！惟歲寒之三友兮不我遺一人！傷麟兮誅鳳，晨聽漏而夜聯床兮，乃恍惚其若夢。滄海横流兮白晝陰霾，三

奚爲紛紛避地乎

綱墜兮百爲乖。吾爲吾友痛兮，吾爲吾國哀，倘塵寰有可託足兮，奚爲紛紛避地乎泉臺！

午睡初醒緩步中庭頗饒閑趣

炎空夏景長，睡起步迴廊。雲送鳥歸樹，風吹花過牆。緣階看蟻鬥，逐隊笑蜂忙。月上群囂息，池蓮自在香。

壽郭春榆前輩夫婦七十

昔年弧帨耀汾陽，曾貢蕪詞佐壽觴。轉瞬又聯真率會，介眉咸集樂存堂。開天故事鎔新史，梁孟高風冠舊行。從此稀齡臻大耋，一年一度咏霓裳。

無錫宗侄衍升蔭椒六十生日適來天津賦此贈之

二十餘傳譜可披，錫山分派衍裘箕。淵明著録歸田早，魯直殊鄉識面遲。締袂竹林來北海，侑觴梅蕊綻南枝。天懷沖澹年相若，共守家風清白遺。

壽楊子若鴻綬五十四首

同是先民九老遺，吾父與子若之祖香吟先生曾結天津九老會。締交三世友兼師。余受業於香吟先生之門，子若又師事吾父，并授長兒澤宣讀。喁喁鄉望公卿長，肅肅家風孝弟慈。自識之無聯管席，早儲經緯副韓絲。當年同學君惟少，今已關西就仕時。

心地慈祥志趣牢，屢經試割不操刀。子若以優貢知縣，改部後又授某縣，却之。石苞豈是風塵吏，阮瑀難逃著作曹。此腹只應文字飽，微官無礙品流高。瓊厨金穴今多少，蓮出淤泥亦足豪。

交遍東西南北人，布衣昆季老彌親。詩懷不減高常侍，酒伴時尋賀季真。燭影紅摇窗外雨，杯光緑泛甕中春。眼前莫問興亡事，一醉都成懷葛民。

剛過中秋放睡天，門前今又慶弧懸。無多賓客惟風月，聊藉詩書當管絃。寂靜鱣堂真樂地，清寒鶴骨小癯仙。我無他物爲君壽，人瘦詩葩述舊聯。香吟先生七十時自集「人瘦乃壽，詩正而葩」聯語，囑余書小篆懸壁間。

壽渠母喬太夫人八十四首

板輿久駐帝王鄉，去去鵷鴻海上翔。家有賢聲騰冀野，外無曠禮慰齊姜。熊丸舊勖千秋業，鳳誥榮留一品裳。慈竹春長松壽永，孫曾羅列已成行。

雛鳳翩翩盡象賢，含飴舞綵戲堂前。三千珠履門如市，一曲霓裳月在天。欲借笙歌暖鋒鏑，須知富貴即神仙。燕居依舊崇勤儉，荆布釵裙似少年。

風風雨雨弄陰晴，八十年中百不驚。晉國允推生壽佛，韓公無愧女耆英。介眉桂醑香初冽，繞膝蘭芽氣自清。小築桃源娱歲月，何煩李密表陳情。

初謁慈顔日尚中，卅年興廢感沙蟲。喜瞻萱草北堂北，幾見桑田東海東。醖酒昔曾留范式，執籌今益重王戎。義方母教詒謀遠，長此歌呼拜下風。

太夫人，祁縣渠楚南學士本翹母也。楚南善飲，昔與余同官内閣，杯酒過從，殆無虚日，固宣南酒社中健將之一。國變後，奉母隱居津門租界，游讌歡洽如昔時。一日，醵飲於明湖春酒肆，甫就席，大呼頭痛，語未終而氣已絶。舉座震駭，同聲悼嘆。忽忽今六年矣。乙丑八月，值太夫人八十慶辰，賦詩爲壽，追念故友，情不自禁，侑觴之什中雜商音，亦壽詩之變格也。思闇自注。

比來讀書人少，而因壽徵文詩者益多，勢難遍應，僅擇交誼素厚及事有可述者爲之。然十數年來，所作壽詩已不爲少。余不喜諛人，又值時勢泯棼，偷生視息，故罕粉飾升平、導揚盛美之作。每一舉筆，不覺悲憫窮愁之意自然流露，其中非惟渠母壽詩爲然。附注於此，閲者諒焉。余素不能詩，非第壽詩不成壽詩，即他詩亦并不成爲詩，聊以寄意而已。昔人云：詩必窮而後工。今余所處之境，窮之極矣！詩猶不工，何也？可見文字美劣，仍視其學問閲歷何如，倘謂窮則必工，則乞兒人人李杜矣！雖然窮不必工，不窮必不工。坐擁高貲，日奔走乎勢利之場，摇筆即作牢騷之語，以冀掩其酒肉鄙俗之氣，則是披孟嘗之裘而吹伍員之簫，吾未見其成聲也。古人之言，豈欺我哉！乙丑十月又注。

思闇詩集　卷下

壽凌潤台前輩同年福彭七十四首乙丑十月三十日

日下聯歡契四同，余與潤台乙酉、癸巳同年，先後同軍機、户部。黄堂旋復隸帡幪。潤台初次外任天津知府。北門昔布棠陰遍，由天津府擢天津道、長蘆運司、順天府尹、直隸藩司，宦轍未離順直。東道今仍菊徑通。世外煙霞誰是主，國變後寄居天津租界。少年綦履盡成翁。驚鴻幸未風吹散，長寄沽雲海月中。

豈爲桃源避鼓笳，去天不遠勝還家。潤台番禺人。投閑元亮腰難折，已老香山眼未花。題句幾曾凌翠巘，揮毫猶似草黄麻。每當夜話開天事，月落參横北斗斜。

龍馬精神海鶴姿，用句。懸弧正及小春時。年疑絳縣三期早，律轉黄鍾一日遲。屈指久經更漢臘，介眉依舊叙豳詩。梅花更是心如鐵，歲歲先開嶺上枝。

底事潢池又弄兵，閉門謝客罷稱觥。不圖鑾觸新時局，猶有羲皇古性情。風雨三更雙酒琖，江山萬古一棋枰。黄河終有澄清日，容與彭聃樂太平。

潤台和詩至即本其意叠前韻奉寄四首

淪落天涯感慨同，珠宮貝闕草幪幪。飲牛自昔疑巢父，歌鳳於今識陸通。往事已成浮海蜃，達觀强作信天翁。魯陽空有揮戈力，幾見雲開日再中。

中原遍地動悲笳，日落黄昏何處家。一片模糊雲裏樹，百般妖艷鏡中花。有心振轡追前軌，無力揮刀斬亂麻。毁室鴟鴞飽颶去，可憐乳燕受風斜。

嶺上松高含古姿，一年一遇歲寒時。調和玉燭前塵遠，擣碎金甌後悔遲。甘苦飽嘗陶令酒，干戈戰老杜陵詩。春回萬彙無生氣，半是風枝半雨枝。

鶴唳風聲草木兵，震雷驚落子雲觥。嗷嗷赤子終何罪，漠漠蒼天太不情。鼎到沸時須息竈，棋無勝算且推枰。倘非早厭人心亂，何日方隅似砥平。

挽張協卿

少小聯交伯仲間，蟾宮競爽最欣然。不甘苜蓿盤中味，引作芙蓉闕下仙。萬里狂風吹斷雁，一天冷露咽寒蟬。塤篪地下重相會，憶否牆東舊酒顛。

乙丑除夕

守歲年年樂友朋，今宵兀坐對孤鐙。不勝知己凋零感，詩酒情懷冷欲冰。壬子後，每逢除夕偕亦香、彤皆聚於仲佳寄廬，今年仲佳病歿。

刁斗聲中一歲除，桃源鷄犬樂何如。老頑羞寄人籬下，風雪寒氈一草廬。

産薄丁繁政又苛，一年負債一年多。已穿茅屋終須補，歲暮能牽幾處蘿。

猶未登門先鞠躬，是何禮貌太謙沖。防戎户户皆圭竇，微露桃符一角紅。

闤闠三更静掩門，鐙昏月黑路無人。如何冷却通宵景，貔虎威高氣不春。

丙寅元旦

曈曨初日海東懸，照遍灾鴻幾萬千。爆竹有聲喧外界，時因戰事戒嚴，禁放花炮，租界弗禁。燈花無語入今年。强斟螘緑迎新酒，權寫猩紅獻歲箋。去歲乘輿播遷津邑，元旦權用紅箋進賀。百丈債臺剛避過，何人又攫買春錢。

春陰

緑楊城郭又春陰，天地無聲萬籟沈。院靜窗昏惟睡好，苔痕草色共愁深。風煙直欲迷人眼，雲霧難遮向日心。幾見光華歌復旦，蔥蘢佳氣滿園林。

三月三十日與友人夜酌

世局懵如醉，光陰迅似飛。乘時開夜宴，呼酒送春歸。萬事三杯淡，千金一刻微。曉鐘猶未動，相守莫相違。

趙孝陸録續爲其母太夫人作夜紡授經圖屬題

自來節母善教子，舍此恨海無由填。亦惟孤子善承教，早能稼穡知艱難。我友趙子五經笥，當年薇省聯清班。公餘之暇縱酒讌，每聞君述賢母賢。曰余幼孤失所怙，惟與老母守青氈。母身苦於敬姜績，母教嚴於柳郢丸。機聲書聲夜相答，孤燈耿耿恒不眠。既長幸博升斗禄，恭奉板輿來幽燕。我聞此語長太息，信哉慈孝能兼全。滄桑一變玉步改，母偕子隱東山田。我亦歸釣沽水上，一别忽忽二十年。昨者介弟遠相過，手出一圖光燦然。述君雅意索我句，持歸以博堂上歡。我敬授圖披且覽，情景宛如前所言。稱名一依錢氏舊，遭際惜不如文端。理亂本難同日語，所喜堂北榮金萱。崇封雖出晋國下，大壽將軼宣文前。君不見，老萊七十衣舞綵，蒙山大隱輕朝官。天倫之樂乃真樂，此外富貴皆雲煙。我學荒陋君所諗，如蠡測海管窺天。謹貢蕪詞爲母壽，聊當九如詩一篇。

遷居後作 余决意不住租界，竟至不得已而出此，傷哉

肌髓全空骨似柴，此身端合委蒿萊。事皆數定天誰問，人到才窮鬼亦猜。枯樹豈能禁雪虐，好花悔不趁春開。問心忍作叢中爵，争奈鷹鸇逐逐來。

贈陳誦洛中岳

我不喜諛人，更畏人諛己。己本無可諛，人則美難紀。陳子不世姿，天葩散瓊綺。行年未三十，著作富無匹。太白號酒仙，杜陵信詩史。其筆卓如山，其才清似水。近自新學盛，舊聞輕敝屣。胡不投時好，而斤斤於此。獨鶴立鷄群，丈鱗旋尺沚。人多笑其愚，我乃爲之喜。涵養到功深，即是中流砥。

壽徐友梅世光七十四首

龍馬精神健，林泉歲月閑。清風高北海，零雨溯東山。世味酸鹹外，交情伯仲間。長爲猿鶴侶，華髮對朱顏。

獨抱清和氣，平躋耄耋行。十年新甲子，一榻古羲皇。圖史充腸富，煙雲繞腕忙。中原方逐鹿，洗眼看滄桑。

坐隱陶宏景，居鄉馬少游。桃源横釣艇，花萼起詩樓。座有清談塵，門無俗客騶。芝蘭栽滿地，燕翼此詒謀。

久著龔黄績，旋宣鄭白勞。即今成豹隱，依舊拯鴻嗸。大厦千間廣，修齡五岳高。自成仁者壽，奚取朔偷桃。

壽陳筱石制軍_{夔龍}七十四首_{丙寅五月初三日}

一自萊公去北門，狂流捲地海天昏。召棠郇黍留歌誦，渭樹江雲繞夢魂。停櫂桃源花揖客，散襟竹閣酒留痕。人間儘有商山皓，不及淮陽齒德尊。

草閣臨江江自寒，披裘意釣老江干。十年甲子從頭數，萬變滄桑洗眼看。杜甫每將詩作史，王琨不以壽爲歡。海榴開向天中近，分得葵心一寸丹。

一綫清光透遠嵐，最關懷是月初三。遥遥漢臘傳家久，寂寂唐宫忍泪談。晚節森然今卓茂，舊人憶否老何戡。向非舉步皆荆棘，千里應隨客餉柑。

名教綱常委劫塵，古稀世界古稀人。東山望峻崧維岳，南極輝長星拱辰。時遇疾風知勁草，天留一髪繫千鈞。逢時再借收京箸，珍重汾陽百歲身。

潤台約賞菊即席以詩見示依韻和之

賜書樓對野人扉，（時余與潤台對門而居。）延賞秋芳步夕暉。幾度白衣來送酒，今宵又得乞詩歸。

獨挺寒條罥冷絲，生來傲骨本難欺。豈真願寄人籬下，無限深情訴與誰。

夜不成眠坐擁衾，西風簾幙冷難禁。縱然花比人還瘦，晚節常存鐵石心。

此老精神清且遒，狂吟花下氣橫秋。天寒多蓄延齡酒，坐看群芳次第收。

閑步

閑步空庭不自聊，西風颯颯動林梢。鄰鷄方繞樹争食，秋燕猶銜泥補巢。秫酒但謀今日醉，柴門曾有幾人敲。多情最是天邊月，夜夜清光顧草茅。

春郊閑眺

春雨郊原足，游人趁夕暉。新桃舒萼早，嫩柳吐芽肥。岸曲帆隨轉，途平車欲飛。歸來猶未瞑，獨自掩柴扉。

楊味雲壽枬重修無錫惠山貫華閣落成屬題

我家舊住惠山脚，輾轉遷徙南而朔。恨未一飲故山泉，空聞山有貫華閣。當年四海清無塵，聯吟閣上羅嘉賓。誰主詞壇倡風雅，退老江湖顧舍人。舍人結交多麟鳳，納蘭公子尤心重。紵尊千里尋鷗盟，結契三生縈蝶夢。百歲光陰指一彈，鶴去巢空山月寒。華屋零落山邱易，平地再起樓臺難。楊子曰惡是何説，人皆破壞我建設。生平不惜有用錢，何事不可追前哲。我聞其地清可圖，一幅煙波范蠡湖。我聞其事多可記，桃源寫出淵明意。干戈擾攘幾經年，釣游舊址完如前。長留异日絃歌地，重結名山香火緣。鳳池伴侶晨星少，羨君占斷林泉好。何時歸謁孝祖祠，登高共數雲中鳥。

題渠楚南所遺顧西津畫麓臺招隱圖卷子

我生未見麓臺山，玲瓏妙筆開心顔。清泉繞屋雲在天，此中真是桃花源。故人倦游還未還，峰巒變滅有無間。天地逼仄酒杯寬，一醉不醒山根眠。回首春明三十年，坐對好景生悲嘆。所喜鳳毛都象賢，庶幾此圖長共楹書傳。

韓芰洲冬青館詩集題辭

讀未終篇涕泗横，感人深處在多情。風詩辭每託男女，不必淫奔是鄭聲。
大好園林自在身，無端平地起荆榛。回頭多少傷心泪，迥异床頭無病呻。
把盞含毫意渺然，前追靖節後青蓮。吞雲吐月皆天籟，自古詩仙半酒仙。
莫認郊寒島瘦吟，麗辭艷語戛璆琳。君家自有香奩集，千百年來此嗣音。

張乾若國淦屬題所藏明熊襄愍獄中致其鄉人滿朝薦顛倒行詩真迹殘本

忠良結局竟如斯，嘔盡心肝此一詩。功罪分明遼海月，古今哀艷楚江詞。縱經久蠹無完楮，猶有神蛟表勁姿。至死不忘堯舜主，令人讀罷泪成絲。

驪歌一曲氣縱横，筆走黄沙月有聲。自古忠奸分黨派，幾人生死見交情。英雄肝膽錚錚鐵，文字菁華片片瓊。獨惜冏鄉無諫草，倘留手迹二難并。

黄昏風雨黑漫漫，一任鴟鴞侮鳳鸞。熱血慘埋秋草碧，壯心炯照雪藤丹。何年晦劍衝塵出，終古晨鐘警夜闌。世事至今愈顛倒，莫將龜鑑等閑看。

滔滔江漢水流東，文獻飄零耿寸衷。萬里秦關齊璧返，千秋鄴架抵紗籠。抱殘守缺吾儒責，敬梓恭桑太古風。不是楚宫矜楚得，行看遍印雪泥鴻。

題冠如西安擁畫圖

凡物聚所好，畢雨箕風相感召。凡事皆可傳，片鱗寸甲能延年。吾友楊子今顧陸，揮灑淋漓胸有竹。門外塵飛百丈紅，筆端秀奪千山緑。惟珀拾芥磁引針，南宗北派羅璆琳。豈必伯牙子期生，并世千載上下皆許爲知音。知音易得不易得，摩挲常置琴書側。好與海天放鶴圖，傳之子子孫孫綿世澤。

呂鏡宇尚書海寰丁卯重逢鄉舉賀詩四首

和樂且湛天錫福，鹿鳴遺韻動詩謳。笙簧洞耳重陽節，席帽離身六十秋。一代文章關氣運，少年科第想風流。先生自是磻溪後，早卜公卿到白頭。

一從發軔出蟾宫，觀政京曹職典戎。被繡恩流江上雨，乘槎威震海天風。仰瞻台曜三霄碧，普渡慈航十字紅。時閲一周花甲遍，新猷舊績數難終。

棘院荒蕪丹鼎凉，相從拄杖話槐黄。壯心不減秋盤鶚，古禮何堪朔去羊。南内月沈天寶曲，東籬花醉義熙觴。莫論畫餅充飢否，數典猶能祖不忘。

小小桃源亦避秦，年來魚水倍相親。又逢小捷鄉書歲，况是能全晚節人。雨露有情榮老桂，風霜無力撼靈椿。但期壽并彭聃永，同抱丹心夜拱辰。

觀劇

承平雅頌久淪亡，來聽箏琶倚夕陽。閱世儘多新傀儡，登臺僅見舊冠裳。歸根兒女雙行泪，自古河山一戰場。靈桂已凋秋菊老，争看桃李殿群芳。

羅雲章以其夫人孫夢僊昔日所繪祝親百蝶圖卷子屬題

昔我祖母善畫蝶，享壽九十有一齡。我今造廬訪我友，忽睹此圖心爲驚。羅母壽亦登九秩，夫人妙筆追元嬰。平居奉姑敬且篤，時時默祝金萱榮。剛是稱觴逢吉日，走筆一寫中心誠。栩栩欲活漆園夢，多多益善淮陰兵。稱名也小取類大，指事會意兼諧聲。璇闈一顧大歡喜，綵衣五色相鮮明。有女多才爲之記，字則金鑾文應貞。高堂幸得百歲近，子孫交慶人同情。胡乃西山日易落，兩家墓木蒼煙横。我友羅子本純孝，我亦觸景百感生。况君圖存記者渺，而我重慶今煢煢。萬事不堪一回首，對坐無言雙泪傾。

題宋節母潘孺人篝鐙課讀圖 閩人宋通三真母

我讀篝鐙圖，我爲孝子哭。昊天殊不仁，待母一何酷。母德久著聞，鸞膠託名宿。前子子字之，門庭和且肅。已做未亡人，一家誰骨肉。堂有未斫荆，斗無可舂粟。稚子色凄涼，兩餐艱一粥。母心日以悴，母恩日以篤。孟杼慰朝飢，柳丸助夜讀。愁添千丈絲，泪落三更燭。君子不畏貧，教必謀式穀。志士不争産，祭必徵魚菽。大義何懔然，是亦閨門獨。如何善不報，灾害慘相屬。既雨小草滋，未午春暉促。子養親不待，臯魚泣風木。歲月去如流，俯仰乾坤蹙。妙哉荆關筆，爲寫圖一幅。有山亦有水，有松兼有竹。有月樓之顛，有田峰之麓。非必景生情，精誠結丹緑。當年一片心，昭昭人耳目。南樓夜紡圖，北江鐙影軸。一紙各千秋，得此成鼎足。

秋夜書懷

月落星明夜欲闌，桐凋菊艷歲將寒。連雲樓閣驚秋早，失水蛟龍作雨難。未必陶潛真愛酒，亦非商皓樂投冠，早知暗淡能藏拙，免被人呼亡國官。

王竹林（賢賓）屬題其尊翁研農臨塼塔銘

柳公昔有言，心正則筆正。少陵論書法，通神貴瘦硬。古訓今蕩然，務以怪取勝。花木空無根，妍醜皆爲病。我邑瑯琊翁，一衿勵清行。寫帖喜臨池，小窗烏几净。古刻羅滿前，矩矱先民證。大唐塼塔銘，風韻抑何盛。心摹而力追，歲時積朝暝。遂奪敬客席，字字相與并。露流荷氣清，風動松姿勁。孰謂述者明，不及作者聖。惟士恥自炫，標榜鄉所輕。韞櫝年復年，玉黯珠塵凝。有子人中豪，新官舊布政。鼓櫂當狂流，輟鞅歸荒徑。家學自淵源，工書精鑒定。手澤幸猶存，九牛一毛剩。珍如子敬氈，照以秦王鏡。廣結文字緣，四海徵題咏。枚馬振笙簧，蘇黄列姬媵。埋久發益光，燦若星日映。雖曰一技長，顯晦亦有命。設無賢子孫，誰識舊名姓。世俗重顯揚，昔惟封與贈。簪紱亦虚榮，毫楮見真性。外以闡清芬，内以壽家乘。上以篤孝思，下以開聰聽。熇熇秦火烈，洶洶楚氛横。故紙有鑽研，即是家之慶。

壽王郅鄉仁治六十二首

不受詩書束縛嚴，起家闤闠勢炎炎。乘風穩泛鴟夷舸，賦海無遺猗頓鹽。天津鹽業銀行經理。劫局多君棋一著，生涯笑我字三縑。馮驩緩責田文券，百結鶉衣愧汗霑。

櫻荀園林夏景舒，一堂和氣樂誰如。有兄曾織蟾宫記，教子能通象譯書。四座簪裾觴客遍，百年歲月杖鄉初。安仁趁未絲侵鬢，煖老方宜早日儲。

寓廬

兩歲家三徙，桃源聊避兵。縱横園半畝，上下屋三楹。夜静無驚犬，春深不聽鶯。淵魚復叢爵，賓主不分明。

感懷

困守寒氈十七年，當年悔否飲廉泉。春衣典盡餘塵桁，破硯磨穿亦石田。獨恨此身窮不死，儘多同病苦誰憐。覺來又是晨炊近，檢點囊中無一錢。

錢新甫同年駿祥以八十自述詩四首屬和詩用文端韻依韻和之

梁孟齊眉六十年，雙扶鳩杖樂陶然。名門又見懸弧帨，盛事真堪被管絃。卮酒重温花燭夜，衣香猶帶御鑪煙。翰林院侍讀。輸贏莫問新棋局，坐享春秋歲八千。

空山碩果此遺留，倘是斯文運未休。世受國恩龍補衮，家傳經學燕詒謀。綺黄卷迹丹心在，南董成書素願酬。爲問後凋松有幾，同聲相應氣相求。

向榮雅愛木欣欣，弄竹移花四體勤。有似神仙行陸地，早將富貴付浮雲。西薇東菊心相印，鐵雨金風耳不聞。素患耳聾近已一無所聞。最是脱身從虎口，羽毛曾未損毫分。往歲自湖州省墓，旋京，路經山東臨城，遇匪乘夜劫火車，倉皇奔伏墟莽間一晝夜之久，遇救得免。

耆齡碩學繼文端，簇簇新詩秀可餐。今日山林樂猿鶴，當年臺閣伴鵷鸞。琴鍾偕老延家慶，翰墨生香結古歡。雖已久停千叟宴，此身未忍去長安。

戊辰九月潤台約賞菊與潤台馨庵仲遠叠韻唱和

又來賞菊小園中，此會年年總不空。餐到落英憐屈子，炊成熱釜勸梁鴻。醉吟酒有驅愁力，夜話茶兼破睡功。自是主人情誼重，不教冷落卧秋風。

滔滔人世横流中，萬事浮雲過眼空。春夢無痕酣睡婕，閑身隨處作冥鴻。耐寒果具冰霜骨，造物難施雨露功。試看東籬花自若，任教桃李鬥春風。

萬丈光芒寸筒中，驚人不是浩書空。潤台詩筒又至。詩情駘蕩盤空鶴，書法翩翻戲海鴻。老筆定偕花并壽，弱絲難策繭同功。苦吟每觸雷頭疾，時正患頭風，頭骨時凹時凸，痛徹心脾，醫家謂之雷頭風。安得陳琳檄愈風。

某處不戒於火和潤台韻

茫茫浩劫苦無邊，爛額焦頭十五年。孰爲崑岡留片玉，每看武庫起驚煙。狂風叫斷南歸雁，夜月啼殘北向鵑。不戢自焚兵即火，須臾庭樹失蔥芊。

棨戟臨風想玉珂，孰干天怒奪人和。樓臺今日餘灰燼，襦袴當年感誦歌。嘆酒可能千里遠，燎原只是一星多。車薪杯水終無濟，殃及池魚可若何。

李君仲平屢有書來屬題所藏曾左諸公手札報以三絶句

臺閣文章邁等倫，零縑片楮亦通神。筆端別具莊嚴相，仍屬中興佐命臣。
雙鯉迢迢水一涯，殷勤雅意重瓊華。我雖未識荆州面，當是風流賞鑒家。
禮樂詩書久弁髦，雲煙誰復羨揮毫。連天風浪無邊闊，古調獨彈山月高。

和潤台戊辰除夕偶成四律即次其韻

禍變相尋直到今，縱然無病亦呻吟。驚聞竹爆連天響，空抱葵花向日心。几上寒燈昏欲睡，瓶餘臘酒懶重斟。今宵穩度猶堪幸，多少哀鴻失舊林。
月黑天昏又歲除，最凄凉是上燈初。未揮坡老宜春帖，猶作顔公乞米書。擾擾中原忙逐鹿，茫茫後顧倒騎驢。安危都是明年事，酣睡床頭莫問渠。
流水滔滔去不停，尼山鐘鼓亦無靈。從頭學語我鸚鵡，攘臂鬩墻誰鶺鴒。玉石炎岡秦火熾，馮蠵鼓浪海風腥。祇期天意隨春轉，默誦觀音般若經。

閉戶惟甘苜蓿盤，神儺鬼戲忍相看。無根小草隨風靡，有節孤松守歲寒。莫怪陳咸遵漢臘，都由新莽壞周官。傷心十七年前日，神武門頭正挂冠。

己巳正月範孫以病小差自挽詩見示步原韻陸續和四首

喜聞靈藥回春早，剛是新正過二旬。珞琭有書同説夢，少陵著句太驚人。是真大木風難拔，誰謂西河日易淪。吾道存亡一人任，應留文獻久相親。

一詩不盡纏綿意，堅却騷壇賀七旬。當與王琨同抱戚，緣何衛賜屢施人。奉觴兒女猶知敬，墜地綱常未盡淪。爲問老萊賢父母，曾無戲綵禁娱親。

垂老精神宜靜養，况經示疾已兼旬。無風大海自生浪，有味青燈時惹人。要使一心無挂礙，盡將萬慮付齋淪。春寒莫作尋詩想，枕上惟宜夢寐親。

形影相依休戚共，願生同處死同旬。倘君竟協楹間夢，攜我從爲地下人。安見魯陽揮日返，免隨微子痛殷淪。十年久缺晨昏奉，趁入黄泉面二親。

陳逵九前輩同年鴻翼昔年同值樞曹朝夕謀面自辛亥前丁憂歸里南北暌隔二十餘年不通音問昨忽得其自武昌來書并詩一首喜極和韻覆寄

風雨聯床有幾人，那堪魚雁渺音塵。尺書忽自天飛下，喜見龍蛇字字新。

壽吴閏生嶔七十二首己巳三月十二日

東山喬木鬱蒼蒼，恪守清芬久退藏。藥省當年同聽漏，蘭亭今日衍流觴。一編金石傳家久，萬變滄桑閲世長。看竹賞花塵慮遠，古稀歲月樂徜徉。

曾留棠蔭遍西泠，寄迹丁沽歲幾經。花徑愧爲東道主，草堂共託北山靈。衣冠古樸追商皓，芝玉繽紛滿謝庭。幾朵紅雲争絢綵，春宵捧出老人星。

王懋宣懷慶寓中牡丹盛開置酒約觀花步馨庵韻二首

報道花開富貴春，瓊筵坐遍咏花人。不堪回首塵千劫，如此歡游歲幾旬。無酒愧爲東道主，有錢難買北山鄰。羨君占得林泉勝，但盼時清宴賞頻。

香夢方酣春欲闌，好花更是得春難。怕隨別酒斟婪尾，爲祝芳齡喚壽安。召伯棠應同愛護，座有潤台。陶潛菊漫詡高寒。天津小隱清貧甚，每到人家看牡丹。

壽高澤畬凌霄六十四首己巳八月十七日

匆匆俱是杖鄉人，童冠春嬉歲幾旬。初共大馮膺鶚薦，旋偕小宋掌龍綸。花間待漏時方謐，日下聯鑣誼倍親。回首五雲成昨夢，開天重話白頭新。

別開道路騁驊騮，冠蓋飄揚鸚鵡洲。自昔書家宗北海，有時詩興動南樓。魯侯芹布青衿化，召伯棠留緑野謳。怪底無情江漢水，狂流驚散濟川舟。

雲出無心鳥又還，桃源同泛釣魚船。傅岩調鼎拋殘夢，謝墅圍棋續舊緣。充棟但餘青簡富，出泥不染白蓮鮮。定知人壽河清俟，龍馬精神似昔年。

霓裳夜夜譜歌詞，吟到香山耳順時。偕老笄珈親上酒，聯歡鼎鑊共餔糜。三珠樹色參天秀，九畹蘭芽帶露滋。最是一樓花萼好，東坡有壽潁濱詩。

自遣

前觀後顧兩茫茫，猿鶴蟲沙枉自傷。爲問何時天雨粟，慣看變態海成桑。讀書自有千秋想，飲酒能教萬事忘。除却達觀無一可，早將身命付穹蒼。

題張翼桐豫駿遂廬詩思圖

小園半畝屋三楹，錦繡才華古性情。勁竹初生先有節，疏桐未削已成聲。清人骨覓蘇州句，寫我心標水部名。太尉有孫羞仕宋，不圖并代遇淵明。翼桐，南皮文達公孫。心源不受俗塵汙，如此清才世所無。風雪五更灞橋夢，雲山一角輞川圖。少成天性孰能伍，明德達人洵不誣。萬古興亡詩一卷，倒戈何用問前徒。

和王吟笙新銘六十自述四首并步原韻己巳十月初八日

介壽家家春酒爲，獨耽酬唱耻趨時。黄粱舊夢温從昔，白雪高歌和有誰。無已閉門艱索句，竟陵擊鉢只催詩。廬前尚復居君後，吟未能工莫我疑。

少時心醉管城公，早著蟾宫織作功。婪尾倘非餘晚宴，狀頭定許霸春風。一鑪就冶終騰采，八事分曹遂典戎。科舉停後，會考舉貢，一次吟笙得以主事，分兵部。郎署浮沈三十載，馮唐攬鏡已頭童。

君非短李我迂辛，世世論交毅劭倫。粉署衣冠情不隔，布衣昆季老彌親。不圖華髪婆娑日，同作窮途落拓人。莫畏歲寒霜雪酷，天留松柏待回春。

矍鑠精神亦杖鄉，驚心歲月去堂堂。官清每見魚生釜，齒長仍隨馬服箱。名士風流終不減，文人結習總難忘。詩書畫已成三妙，况有青氈繼世長。

陳誦洛自浙紹歸席間出示其途中遇險之作不日又有易州之行原韻步和三首

戎馬關山少定居，秋南春北半年餘。馮驩同是悲彈鋏，温嶠何嘗忍絶裾。談虎有聲都色變，驚鴻無路莫凌虛。且將濁酒澆胸下，醉裏乾坤懷葛初。

風送詩聲五柳居，典型猶守晉唐餘。醉歸想見頭濡墨，讀罷真堪泣掩裾。多少意中言不盡，果然名下士無虛。可憐道敝文將喪，非復承平雅頌初。

猶未平原十日居，驪歌音復繞梁餘。海門浪急催征櫂，易水風寒動客居。獨坐莫嫌徐榻冷，慰情聊勝阮囊虛。黃金駿骨誰輕重，惆悵荒臺落照初。

翁母蔡夫人七十壽詩 己巳十一月翁弢夫斌孫配

玉堂歸娶羨當年，才勝文姬淑且賢。累葉韋平綿世澤，一門鍾郝述家傳。授經坐紡南樓月，投畚來耕北郭田。到老精神松柏健，海籌添向板輿前。

瑶島星騰繡婺光，古稀歲月喜稱觴。曾窺嵇阮穿松牖，偶避馮蠵屈草堂。丁巳大水，弢夫曾攜眷自英租界避水余家樓上。幾日綫添慈母手，頻年綵舞老萊裳。程門自是多餘慶，行見榮徽晉國揚。

己巳除夕二首 時厲行西曆，嚴禁夏曆

正朔何人定，新年暗地過。用夷由我便，向晦奈天何。比户戒歡宴，高樓酣醉歌。罔知同樂意，何術止操戈。

小民苦終歲，趁此博蠅頭。一令劈空下，萬家同泪流。淫威宣桀犬，殘喘搵吳牛。不寐坐達旦，燈花暗結愁。

題菊人畫松直幅 朱君慶瀾屬題携赴東三省募賑得重價而歸

松以節自見，無節亦峥嶸。人以善爲寶，非善難成名。東方有仁人，素抱飢溺誠。新獲松一幅，重價溢連城。畫者本無意，贈者殊有情。儼對流民圖，囊篋爲之傾。物賤民命貴，義重金錢輕。一活千萬人，蒼赤無愁聲。具此歲寒心，貞柯宜獨榮。

題夔州楊端品之楷遺像楊醒愚之尊甫

傲岸鬚眉古，紛綸著作賒。秋風陶令菊，初入戎幕，保授黄州府，經歷旋歸隱。春雨邵平瓜。以種果木致富。砥柱中流峙，孤城落日斜。典型今尚在，清白好傳家。

王懋宣園中觀牡丹歌庚午四月

一年花比一年好，一年人比一年老。人老且經數十年，好花開到兼旬少。最難保是富貴家，最難養是富貴花。獨此花無驕人態，故爾博得人人愛。主人愛花更愛客，每至花時忙相約。非爲人忙爲花忙，恐不崇朝花便落。花落明年花又開，人過青春春不來。但祝人與花長好，年年拼醉花前來賣一回老。

雲章將嫁女以與其夫人及其女三人合筆屏四幅屬題雲章畫石其夫人花卉其女翎毛草蟲爲題七絶四首

美命初傳敬戒箴，鏡屏圖畫壯鞶衿。炎宵對案忙揎染，要識雙親愛女心。

大似南樓設色妍，旋移靈石補媧天。鳥皆比翼枝連理，宛轉相生妙自然。
新妝妙咏出容華，學有淵源亦畫家。不忍高年揮汗苦，閑從錦上自添花。
百兩彭彭門盛妝，何如翰墨結緣長。一門三妙真希世，子子孫孫永寶藏。

壽劉幼樵嘉琛**七十四首**庚午正月初八日

偕隱滄桑後，論交昏冠前。温文一儒者，舉貢四同年。家學傳藜火，才名噪木天。長安聯騎久，羨煞玉堂仙。

不作風塵吏，恒爲士子師。披榛虞坂路，訪柏武鄉祠。鶴俸培新學，龍門拓舊規。即今雙鬢白，猶是擁皋比。

時事雲千變，伊人水一方。有花香晚節，無石壓歸裝。點易研朱熟，傭書落墨忙。居貧仍好惠，義聞滿枌鄉。

生晚商瞿子，名高洛社賓。玉鳩新杖國，綵燕舊鞭春。松柏寒經歲，芝蘭秀出塵。河清應可俟，珍重百年身。

庚午五月生日承潤台馨庵仲遠懋宣虞生諸君招飲虞生寓中馨庵即席出詩二首依韻和之

忍垢偷生浩劫餘，何堪每食屋渠渠。海濱久謝添籌鶴，客舍頻叨彈鋏魚。饒有詩篇吟白傅，苦無筆力鬥專諸。年來豪氣都消盡，辜負郇香盎酒車。

异鄉朋好共傾壺，獨我家居七二沽。羊曼愧難供客饌，蔡經偏得飫行厨。林泉自古無賓主，燕雀何人較兩銖。一飯雖微漫輕視，慘呼庚癸遍寰區。

張馨庵同年以余鬻字爲生贊之以詩步韻寄和

一從歸隱學求羊，班馬離群蜂失王。門似翟公羅雀冷，年如蘇武牧羝長。菊杯誰復尋彭澤，竹簡猶堪插洛陽。但得辛勤謀一飽，不隨鷄鶩共争糧。

我愧東坡字换羊，先生詩筆駕盧王。一言奬借關輕重，無本生涯任短長。秋雨連宵藿補屋，春風何日草回陽。硯田縱是無豐歲，差勝多藏供盜糧。

老友曹雲階錫雋貧困一生今年庚午始得買宅而居九月十七日適值其六十九歲生辰爲賦四律志慶

家有遺經守鑿楹，硯田歲歲費心耕。青衿舊是箕裘業，白屋今逾冕黻榮。古處衣冠周柱史，中原文獻魯諸生。飽經秦火詩書熟，腹笥便便未可輕。

有子奇方海外探，諸孫功績著戎驂。當年備歷荊床苦，到老方回蔗境甘。元亮讀書五柳宅，少陵買屋百花潭。只求地小能容膝，好聚良朋一室談。

三世論交道義深，春風噓拂竹成林。尊翁峻峰先生爲吾邑大師，曾設帳吾家。吾諸叔諸兄均從而受業。鯉庭詩禮聞從昔，鹿洞淵源傳至今。伏處久韜毛遂穎，知音獨有伯牙琴。輩行較長年相若，共勵歲寒松柏心。

籬菊經霜花又黃，佳辰恰近展重陽。開當晚節香彌永，生與同時氣自剛。人共耆英聯洛社，天留碩果峙周庠。明年正是古稀壽，鞠跽升堂再舉觴。

庚午除夕

餞臘方今夕，鞭春已浹辰。十二月十六日立春。帷燈潛守歲，扃户暗迎神。厲禁時行夏，急驅人避秦。桃源真樂土，畢竟是流民。

辛未元旦

報曉鄰雞喔喔鳴，又從舊臘入新正。桃符比户偷春色，竹爆連宵飾太平。天意倘從今歲轉，河流果有片時清。行園朝罷歸來後，總有依依不盡情。

今年禁令不行，家家然放爆竹，租界外久不聞此聲矣。報載，黄河清七時許，清在此時，吉凶禍福不敢定也。

題羅沛如女史梅花瓦雀畫扇

群芳次第委蒿萊，一樹寒梅冒雪開。愧我不如枝上雀，冷雲堆裏獨飛來。

自題小照

行年六十八，百事無一成。少壯不如人，老矣益無能。幽居近廿載，負國負家庭。昂然七尺軀，五官亦具形。有目短於視，有耳懵於聽。有鼻日常掩，有口不善騰。處此亂離世，濟變資群英。閉門不敢出，處士慚虚聲。疏頑盡如我，天地誰支撑。草木未同腐，面目先可憎。不信觀吾相，何异蚩蚩氓。

雲章爲余扇畫一石如人趺坐然題二絶句於上

大筆何淋漓，寫出一拳石。可能心比堅，對之顔滋赤。
峭石瘦於人，坐此清凉界。翹首意昂然，静待米顛拜。

齊母魏太夫人九十壽詩二首

雞林望閥鬱葱葱，四海群欽賢母風。曉陌車聲桓挽鹿，夜窗鐙影柳丸熊。一門鼎鼎科名盛，八座巍巍福禄崇。更喜登堂近咫尺，板輿長駐直沽東。

長君共織蟾宫記，仲氏同司鳳閣綸。殊寵昔聞孫晋國，大年今見郄夫人。當階寶樹三珠茂，繞院叢蘭一簇新。轉瞬百齡登上壽，北堂萱草樂長春。

張馨庵絅庵七十六十生日徵詩贈以二律辛未十二月

往事休論菀與枯，喜看棠棣共懸弧。清談娓娓東西晋，妙譽隆隆大小蘇。花萼聯吟樓百尺，荆枝合抱樹雙株。十年先後生同月，宴啟行厨七二沽。

小住桃源避甲兵，客居彌篤友于情。家山不斷梁園夢，歲事仍遵漢臘行。鄉國一時鳩飾杖，賓朋四座兕稱觥。庭階芝玉森森秀，戲綵争娱老弟兄。

讀韓君斗瞻遺墨并後附小傳有感而作八十韻

慨自寶鼎淪，中原忙逐鹿。擾擾十九年，一年一變局。虎兕盡出柙，龍蛇同起陸。國步抑何艱，天命抑何促。風雲方咤叱，水陸咸讋伏。慣倒前徒戈，瞬已獨夫獨。豈無敢死將，死亦無榮辱。師出貴有名，嗜殺非人牧。徒感鴞毁室，遑問蟲生木。自伐人必伐，不待蓍龜卜。東北接强俄，始亦敦信睦。同築東路軌，近逼龍江澳。洪流汩汩來，赤幟森森矗。窺伺我邊疆，蹂躪我民族。朘削我脂膏，淆亂我耳目。喧賓既奪主，得隴更思蜀。不圖蔓乃滋，欲除根難劚。劈空一令下，姑快須臾欲。權在楚必撓，客非秦盡逐。未免急無擇，焉有怒不觸。雄師壓境來，兵精械又毒。我馬已瘏矣，未戰勢先蹙。軍中有一韓，年少戎機熟。韜略祖陰符，詩書敦却穀。英謀班定遠，心香岳武穆。在昔任偏裨，屢因功受禄。暫處囊中錐，待推閫外轂。邊候忽傳烽，頓感髀生肉。高鳥需良弓，遂建元戎纛。陳師海拉爾，七旬苗不服。戎幄復前移，札蘭諾爾宿。重地扼咽喉，堅壁嚴約束。時方議弭兵，義不先發鏃。狡寇撼山難，昏夜紛來撲。釁既自彼開，難稽鯨鯢戮。邊關朔氣寒，手足皆皸瘃。士激身命忘，氣盛冰霜燠。人馬咸一心，有前無後縮。彼衆我雖寡，我直彼則曲。周旋兩日夜，殺賊十五六。惟獸困益鬥，惟鳥窮善啄。况彼來有源，而我員無輻。積羽欲沈舟，數米仍炊粥。愈殺賊愈夥，愈戰兵愈衄。果有可救藥，何慮多熇熇。乞援援又絶，進退胥維谷。百折終不回，收燼身親督。誓爲睢陽巡，耻學街亭謖。敵勢益披猖，彈落山噴瀑。一彈穿我臂，一彈斫我足。塞創起再戰，戰至全軍覆。馬革裹屍還，毒丸猶在腹。觀者人塞途，哭者聲震屋。壯志瘞沙塵，嘉言留簡牘。所上利病書，字字皆忠告。短札與長箋，精湛若語録。臨陣有格言，平居有訓勖。甲胄已在身，圖書不停矚。赳赳一武夫，如此信道篤。哀哉生非時，遠征竟不復。爲問死何所，禿尾山之麓。爲問死何時，己巳冬令肅。同死將幾員，林湯二張續。從死兵幾何，殆難數更僕。雖然功未成，千古留芳躅。春秋無義戰，此戰殊驚俗。五季多枉死，此死庸非福。無乃人心壞，惟恐禍不速。外侮猶未平，內亂益加酷。縱兵數十萬，左排而右蹴。揮金不如土，民命輕雞鶩。曩歲動邊塵，發謀亦當軸。胡未援一卒，亦無助一粟。名爲驅豺狼，實以絆驥騄。取便戈操室，一任玉毀櫝。何地不困窮，何人不怨讟。死者若有知，亦在九泉哭。捐軀爲報國，畢竟國誰屬。事已筆於書，名亦垂諸竹。是否後之人，列入正史讀。

壬申十月初十日遠伯生日次日又爲其長子夷介完婚賀以四律

楊柳風流憶昔時，同司鳳誥集龍池。催人歲月如流水，過眼河山似奕棋。朽老久慙師伯筆，英華亦斂達夫詩。乾坤旋轉終非易，隨我灘頭理釣絲。

鎮日迴旋翰墨叢，林泉樂事有誰同。籬邊送酒親元亮，座上圍棋伴謝公。梅蕊含香春有信，松陰匝地日方中。行年五十難稱老，晉國夫人福正豐。

雛鳳聲如老鳳清，鏘鏘方繞玉階鳴。向平婚嫁今開始，王建羹湯句咏成。良月剛逢今日吉，壽星況是昨宵明。山林高曠竹梧秀，行見蘭芽次第生。

立雪程門五十秋，瓊芝玉樹滿庭陬。籍咸每與公榮飲，軾轍常偕巢谷游。好借兕觥稱母壽，還欣燕翼裕孫謀。從知詩禮傳家久，一領青氈萬户侯。

贈針醫孫瑞麟絶句三首

瑞麟，天津范莊人。少時與兄祥麟均隸戎行，洊躋要職。比以同室操戈，混戰不已，殃民禍國，目擊心傷，兄弟乃相率解甲還鄉，以祖傳針法濟世。所用針純金質，其軟如綿，其細如髮，其醫病則其效如神。余自中年染患風痹，一經觸犯，手足環痛，動輒兼旬。迭經中西醫診視，一切服藥、敷藥、洗藥類，皆奏效遲緩，久且纏綿至一兩月，困卧床褥間，不勝痛苦。自遇瑞麟，每犯，一針即愈，洵絶技也。瑞麟懸壺津市，祥麟則在北京應診，每日求診者均絡繹於門，不絶其家。子女亦皆能世其傳。俗呼爲神針孫氏云。

投筆從戎自少年，幡然改計賦歸田。殺人奚似活人好，況有神針是祖傳。

昆玉聯翩去戰場，還家重理舊青囊。依然醫法藏兵法，戰勝西來海外方。
金針細與髮絲同，應手回春一瞥中。抛却武功談技術，精能不讓狄梁公。

賀母蘇恭人八十壽詩 松坡先生配

不作才名絶异人，閨門庸行最堪珍。幽閒久博公姑賀，禮法彌彰娣姒親。妙織紈縑償董永，免教稼穡累周彬。穿針不減耽書樂，老眼無花到八旬。
冷署曾調苜蓿羹，又聞讞獄在求生。鴻妻本出姬姜族，滂母能成軾轍名。東海桑經三變後，北堂萱有百年榮。介眉同咏霓裳曲，好借笙歌祝太平。

題某劇社

禮樂衣冠幾變更，黄鍾息響釜雷鳴。現身惟到氍毹上，猶有承平雅頌聲。
傀儡登場亦偶然，感人深處在歌絃。緇衣巷伯都顛倒，恃此來操勸戒權。

壬申花朝亦香約集同鄉舊好年六十以上者九人爲十老會酒罷攝影爲圖爰作長歌以紀之并録同人姓字年歲於左

鄒學勤廷廉年八十二　喬亦香保衡年七十四

高彤皆凌雯年七十二　林墨青兆翰年七十

高星彩增奎年七十　華壁臣世奎年六十九

王莘農仁沛年六十九　王仁安守恂年六十九

羅雲章朝漢年六十五　高澤畬凌爵年六十三

古者七十乃曰老，香山洛社安排好。今我十人成高會，惜有五人未及歲。喬子曰然豈其然，古人容易今人難。太平之民多大耋，亂離之世無苟全。死者身葬鋒鏑下，生者命懸刀俎間。釜魚幕燕不終日，一亂匆逾二十年。九法淪廢三綱弛，詩書餘孽無多子。及時呼酒引朋儔，飲罷聯翩步東市。市有泰西攝影徒，寫真不假丹青摹。四人序坐六人立，瞬成一幅天然圖。首席鄒叟老益壯，次則喬子神仙樣。三高氣局何堂皇，二王恂雅兼清曠。善畫於今有羅陽，學禮自昔推林放。不才亦得厠其間，我相人相壽者相。鬚眉歷歷在鏡中，神情躍躍騰紙上。衡以古例微不同，俯仰身世都成翁。風吹木葉紛紛落，耐寒即是南山松。吁嗟乎！故國衣冠委塗炭，浩劫餘生經百變。同是望衡對宇人，居無定所時驚竄。幾見鶴歸巢，但聞鴻避篡。此圖非復耆年行樂圖，應與鄭俠流民一例看。

陳筱石制軍寄示壬申重游泮宮七律四首用趙歐北重游泮宮詩韻依韻和之

狂蝸夜夜吠芹塘，久閟黌宮俎豆香。氣節於今推老輩，才名自昔噪童場。一衿騰達周花甲，四韻鏗鏘出錦囊。我亦游庠年十六，可能再度作劉郎。

幾人泮水得重游，畢竟清流勝濁流。鄉校了無新雀頂，家山彌憶舊鰲頭。不圖累歲驚風鶴，猶見祥光射斗牛。如此斫輪真老手，高吟松下一亭幽。

北門一去視聽殊，此老難留枉折繻。數典總緣羊愛禮，斷章戲取馬爲駒。富公勳業全基此，司馬淹遲幸恕吾。最悔去年江上過，未遑一面遽登途。

亦知釋菜例難循，語語不忘君與親。徙舍辛勤懷母訓，觀光次第筮王賓。天留碩果膠庠地，世重耆英忠孝人。杏苑桂宮何足算，會看三度泮林春。

題溥新畬(儒)山水畫幅

畢業天潢多儁才，筆端不著點塵埃。石濤本是明宗室，書畫均從此脱胎。

題任瑾存(傳藻)家藏明代誥命

忝掌絲綸二十春，芝泥慣捧五花新。不圖鐘鼓銷沈後，又見朱明舊告身。

曩時宮錦厚於錢，博得榮封世世傳。傳到廉明賢令尹，迢迢五百有餘年。

壽林墨青七十七絕四首

獨尊瞻視正衣冠，律己方嚴待物寬。多少貧儒齊下拜，萬間廣厦庇孤寒。

廣闢新知紹舊聞，茫茫墜緒振斯文。子陵一去無知己，魯殿靈光賸有君。

是誰數典祖先亡，軍旅分屯俎豆場。不愧膠庠稱碩果，長留美富在宮牆。

春正斗柄甫回寅，介壽欣逢攬揆辰。長我一年清健甚，讓君先作古稀人。

陳筱莊寶泉六十壽詩癸酉五月

憶昔風雲起八州，君方騰達我歸休。居高亦有驚鴻恐，造士嘗深害馬憂。忝長十年慚樹木，同生五月獨披裘。願攜元敬來林下，一俟河清再放舟。

依韻奉和陳筱石制軍重宴鹿鳴紀事四首

寵賚駢蕃拜賜忙，老人星象曜氐房。科名歷歷文猶赤，元老休休髮已黃。舊夢無因尋棘院，笑顏當日動萱堂。鹿鳴幾見詩重賦，况有嘉賓鼓瑟簧。

簪筆年時逸興飛，三條銀燭戰秋闈。名經自昔尊千佛，喬木於今大十圍。故國凄凉餘雪涕，荒江蕭瑟負荷衣。只從夢草池邊過，應感題名映夕暉。

河自難清壽自長，白頭却憶少年場。懷鄉望斷登樓粲，遯世音存擊磬襄。景運倘真天雨粟，閱時會見海生桑。貞元舊侶今餘幾，獨立蒼茫費忖量。

同飛天外作冥鴻，每憶扶輪大雅風。鄉貢遂無新舉子，部民應念舊兒童。天娛晚景茱萸紫，杯泛流霞琥珀紅。老去自慚無麗藻，詩成終遜郢斤工。

周孝懷善培約中原公司六樓登高賞菊設酒宴作重九即席唱和步孝懷韻

老圃秋容不入時，埋頭霜夜少人知。料能楚澤同蘭佩，况是周京嘆黍離。有酒不妨籬下醉，尋詩端向箇中宜。衹今一涉繁華地，彌動瓊樓高處思。

哭慈約

慈約爲範孫次子，乃吾鄉後起傑才，每遇地方應興應革之事，能言人所不敢言，爲人所不敢爲，致爲北方當道所忌，抑鬱成疾。一日，腹大痛，赴某醫院就診，至則醫者，閉諸室內不知施以何種手術。少頃出，語人曰：氣已絶矣。冤哉！慘哉！突聞凶耗，驚悼不已，挽以三聯，意猶未竟，復以新悲牽動舊感，用再哭之以詩。

挽言重疊寫悲思，尚有餘悲未盡詞。學會至今無發展，宮牆誓死必維持。謀生計拙家仍乏，斷毒心堅藥早離。都是若翁期望我，此行爲告九泉知。

乙亥重陽李琴湘金藻招飲水西莊爲風所阻步山字韻却寄

少時路出西郊外，猶見查園疊石山。不謂滄桑經世變，僅餘瓦礫在人間。補裘賴集狐千腋，握管重窺豹一斑。只恐大風吹帽落，未陪菊讌話秋閑。

哭遠伯

林下重逢日舉觥，公才公望萬心傾。卧龍羽扇關家國，公瑾醇醪見性情。果使天心真厭亂，定教名世不虚生。東山未起身先死，四顧徬徨老泪横。

秦伯秋犫五十生日有詩自述喜其武人能詩步韻四首爲壽

幾度滄桑眼底過，無情歲月奈君何。少年得志功名早，平日向人肝膽多。排難魯連胸有竹，滑稽方朔口懸河。將軍用武非無地，息影蓬廬且放歌。

里仁里中昕夕過，伯秋新起樓屋若干所，於大王莊一帶，自名所居之地曰里人里。有時談笑入無何。庾園花竹游蹤遍，謝墅琴棋雅趣多。不惜借乘車似水，每逢招飲酒如河。慰余寂寞憐余老，如此高情可誦歌。

日日章臺走馬過，縱游不問夜如何。天空海闊愁顏少，翠倚紅偎艷福多。獻壽麻姑停翠幰，錫齡織女渡銀河。儘多惜玉憐香意，不必來聽北里歌。

梅開嶺上暗香過，五十懸弧喜若何。應有箕疇陳五福，定符華祝集三多。崧生争仰高維岳，人壽何難清俟河。芝玉滿前齊獻綵，幾人抃舞幾人歌。

丙子重九水西莊雅集因病未赴分韻得黄字

頻年招飲水西莊，籬菊花開今又黄。有意登高隨衆步，無端抱病到重陽。秋燈夜雨圖猶在，舊藏朱導江爲查儉堂繪《秋燈夜雨讀書圖》真迹，一時海内題咏甚富，範孫曾假去倩人照臨一幅。範孫故後，慈約繼志，擬重建水西莊，即以此圖歸之。斗酒霜螯願未償。爲問諸君高會處，有無詩吊小蟫香。慈約今逝世年餘矣。

和趙幼梅元禮七十自述原韻二首丁丑十二月朔

下筆疾於陣馬馳，王風感慨楚騷悲。苦無日月銷兵氣，欲縮乾坤入酒卮。鶴骨不嫌今日瘦，松心終到歲寒知。河清惟有君能俟，呵筆年年和壽詩。

中原之亂亂成絲，烽火連年羽檄馳。如此河山如此局，幾人伶俐幾人痴。病非休養空求藥，語不牢騷豈是詩。珍重此身留有用，莫教空嘆黍離離。

戊寅上巳潘園修禊分得先韻

蘭亭修禊永和年，嘉會敢云今勝前。論世迴非太平日，感時又到暮春天。勉循故事聯觴咏，安有歡情寄管絃。差勝前人惟一事，九旬大老領群賢。潘潔泉守廉今年九十三歲。

己卯三月重游泮水感賦十首

發軔黌宮六十年，光緒五年己卯科試，取入天津縣學，爲附學生。迭經世變早歸田。宣統辛亥歲杪，挂冠歸里。洛陽已溷耆英會，博士遑論弟子員。藉此本來存面目，其他過去盡雲煙。舊游之地重回首，獨幸靈光尚巋然。天津府縣兩學均在東門内大街路北，近二十年來，各府縣學宫毁改殆盡，如天津兩廟俱存者僅矣。

少荷陶成老不忘，前己卯閏三月，蒙學政壽陽祁文恪師取古入學，後仕京朝，備承獎掖，藹顔荘訓，至今感念不忘。當年頖壁此聯芳。津邑新生題名册籤題頖壁聯芳。千秋史筆標垂隴，古試賦題鄭伯享趙孟於垂隴。一代文宗拜壽陽。是歲喜逢三月閏，古試詩題春兼三月閏。於今留得幾分狂。正場首題今之狂也。縱經觀海難爲水，正場次題故觀於海者難爲水。總覺春風入骨香。

輶軒傳馬入城來，津郡貢院舊址在縣城内東南隅，俗呼曰學棚。學使例馳驛按臨曰下馬。謁廟分棚取次排。學使按臨次日謁文廟，拈香畢，至明倫堂，宣生員一人，登臨時所設講臺立講，學使指定四書一段，并宣讀卧碑所刊聖諭，學使席地敬聽，繼即開棚，分期考試。警夜鼉更宣號礮，凡正場試期，均預牌示，幾更幾點舉放頭、二、三礮，三礮齊集，瞬即開門，點名。入門魚貫順燈牌。津中自昔應試人多，點名擁擠。族伯義堂先生光煒因創立燈牌會，推定執事若干人，收貢院西偏隙地爲一院落，起屋三間，容執事人。東西敞棚各十數間，爲士子休息之所，製木牌若干面，各籠兩燈於上下，録應試士子各五十名。先期序牌棚柱外試士視名在某牌，夜即來憩某所，候點名入場。届時執事人各擎一燈，前導，牌丁捧牌，士子隨牌而進，秩序井然。千人軍掃風前陣，時津邑應試者將及千人。一席地分堂下階。府縣兩試前十名院試。坐次例編堂上東西向，謂之堂號。又從大號内酌提年較幼者數名坐之堂階下，謂之挑堂號。余以身材短小與焉。文止兩篇詩六韻，童試正場試四書文兩篇，試帖詩一首，限六韻。昔年辛苦總縈懷。

一堂濟濟列青衿，賦藥王筠衆所歆。時年十六。歲久桑榆淪晚景，春殘桃李幻清陰。津郡貢院龍門額題「桃李清陰」。今毀。遠尋故轍重重浪，光緒庚子前後，兩次廢八比文，甲辰以後停科舉。近數晨星點點金。四十五人同榜盡，天津縣學學額最終增至三十一名，府學二十一名，由七州縣新生分撥，每届津縣共取四十五六名不等，本届撥府十四名，共取四十五名。獨余苦伴謫仙吟。同榜今存者，僅李穉菱鍾璘及余二人，均縣學。

鵲報初聞噪曉扉，洋洋喜氣動重闈。時祖父母均健在。文章馳騁名場始，風雨漂揺家境非。獨力大椿撑夏屋，光緒初年，家中圮，積債纍纍。己卯春，諸伯叔委家事於先嚴，一力支撑數十年不懈。猶憶放榜之日，索債人方在室内喧呶，適報喜人讙呼而至，聲相掩也。情景宛然如在目前，思之泣下。向榮小草煦春暉。今餘一髮難從割，梳櫛曾經慈手揮。幼時衣履均先慈手製，每日晨起梳髮，尤必手自理之，不忍傷一絲，以至成人值考試前一夕，輒徹夜不眠，爲之聽鼓，料理一切，至次日出場歸來始就寢。鞠育之恩，曷其有極。

游庠兩載始完姻，光緒辛巳完娶。近作鰥魚恰兩春。前年丁丑喪耦。老矣義鵝餘翰墨，孑然嵇鶴遠風塵。樽空北海心常醉，薇冷西山道不貧。獨處都成門外漢，回頭仍是箇中人。

洪流浩蕩莽坤輿，不減清光水一渠。光緒辛卯，邑人黃雲孫寓賡獨貲捐修兩廟泮池，橋與欄均易以白石。今無恙。舊夢迷離蕉覆鹿，仙橋變化藻藏魚。明成化乙酉，天津衛學泮池有雙鯉躍橋過，是科舉於鄉者二人，因名橋曰「魚化橋」。泮池原在欞星門內，天津升府設縣後，就衛學爲府學，增建縣學於西兩廟，并峙泮池，均改欞星門外，舊橋名遂廢。逼人妖焰秦燔熾，滿地兵戈夏社墟。祇此一方乾净土，禮門義路且停車。

大祀隆於中祀隆，宣統初元，升文廟大祀。歲時展拜禮從同。百年身病股肱惰，自上年六月，觸犯風痹舊證，手足循環作痛，間以他疾，迄今十閱月，始漸愈可。九叩首虞筋力窮。升降從容皆坦步，規模宏整竟誰功。藉非舉任曹交力，恐累人扶瓦礫中。前因兩廟年久失修，十九傾頽，鄉議集貲修葺，適鄉人曹健亭鋭主省政，堅主落地重修，凡鳩工、庀材、捐款、監造均一身任之。癸亥四月興工，丙寅歲杪落成，迄今廟貌莊嚴，未至淪爲鞠草之場者，曹之力也！

學校培材外六經，學校廢經不讀有年矣。廟堂與祭輟雙丁。昔年津中學人立有與祭，灑掃社執事若干人，分任春秋兩丁駿奔之事。十年前廢丁祭，社中執事人仍前朔望輪流拈香。訛言幾奪宫牆美，丁祭廢後，屢聞有毁廟改作他用之議，經誓死力争乃止。明德終升俎豆馨。比年逐漸恢復丁祭。鼉鼓鸞旂新焕彩，廟中祭器及一切陳設，迭遭兵亂，損失大半。近經陸續修補，至今年春，丁府廟燦然大備矣！樂舞亦復舊觀。藍衫雀頂杳無形。初，生員公服，冠頂鏤花銀座，上銜銀雀，袍藍綢，爲之緣阜，載在通志會典諸書。生員公服、袍式，似與唐宋史書所稱士子襴衫不甚相同。我北遷二世祖昆弟均康熙初諸生，所遺繪像，冠服即如通志諸書所載，藍袍雀頂。後加青褂，權用金頂。學使每届取定新生，冠頂之日，仍各頒給雀頂一座，存舊制也。衣冠任是遭塗炭，性道依然炯日星。

幾費經營幾折磨，明倫堂復起絃歌。十年人樹園中木，一旦風掀海上波。丁卯之秋，範孫與余約同鄉者，創立崇化學會，招集生徒講經。課史先假嚴氏蟫香館設講席，聘長洲章式之主講。範孫故後，輾轉遷徙，至乙亥秋，始將指定之府廟東偏明倫堂前後一段地基房舍收回，遷入作爲會址。先後十年，頗有成就。丁丑三月，式之逝世。夏間，兵事起矣。成就事難分散易，承平時少亂離多。何堪重展芹香宴，津俗，新生謁廟日行禮畢，醵飲於學宫，名曰芹香宴。今者科舉久停，無從與宴，世亂愈亟，杯酒不歡。僅於月之二十八日，與稺蔆兩人謁廟行禮，并攝影於泮池橋側，藉存此説而已。但祝斯文伏萬魔。

張少元鴻來博學善教乃士之有恒者兹值其六十生日贈以長歌己卯六月二十日

莘莘學子如雲屯，絃誦聲滿海王村。卓哉吾邑張夫子，卅載坐擁臯比尊。珊瑚盡入漁人網，杞梓争出大匠門。迭易滄桑不改轍，偶有鑿枘無留痕。妖星貫日狂飆起，詩書六籍秦火焚。收拾餘燼吾儒責，寸鱗片甲皆奇珍。死灰既有復然日，尤賴木鐸行孟春。本是博士舊弟子，駕輕就熟勤復勤。晝則諄諄講新學，夜則孜孜搜舊聞。一簣積成山萬仞，燦然著作已等身。博物群雄李守素，絶學遠紹沈休文。一簞一瓢居陋巷，身外名利輕錙塵。學既不厭誨不倦，六十年惟載籍親。北方學者今有幾，經師人師當屬君。每惜楚材爲晋用，教育原無畛域分。祇是私心常默祝，春風風我枌鄉人。

和庸庵尚書天津水灾感賦韻并謝寄賑款千元

憫我灾黎禍降天，仁漿義絮勝詩篇。遠紓飢溺千重浪，上繼謳歌廿八年。米少端資舟泛粟，粥多只惜竈分煙。指天津救灾市縣分界而言。愧無好句酬嘉惠，病久枯腸亦可憐。

章一山梫交來庸庵尚書賑款千元并以寄詩見示依韻和之賑款分交天津救灾市分會、縣分會，各五百元，以市縣分界甚嚴，不相統屬也。

愁唱新詩清且雄，遥知二老壽無窮。不辭航渡芸芸衆，定許籌添漠漠中。萬里傳書催錦鯉，一山每以詩歌代作將伯之呼，并時以快函接洽賑款。一方被澤息嗸鴻。吟牋稠叠仁風乿，筆墨真參造化功。

跋

先君貞節公亮節孤忠，四方欽矚。辛亥歸田後，杜門却埽，不問世事。執友過從時，時見志於詩。晚年手自删訂，精楷録成巨帙，未嘗示人。易簀之前，乃以屬門人王君文光俾爲編次，先後得三百十五首。姊丈寧河齊公爲付景印，以廣流傳。復倩郭高兩太史爲之序。伏念先君文章，政績彪炳一時，餘事臨池八法，群推絶詣，零縑斷楮，得者視爲瓌寶。兹集尤精意，所存不敢自閟，布諸文林，當亦先君在天之靈所深許者。與澤傳析薪，未克負荷，明發有懷，愴然欲絶。得諸先生提倡品題，庶幾永獲流傳，定能曠代相感，俾誦詩觀書者，識晚節之堅貞，見清時之矩矱，亦小子所藉爲繼述之資也乎！謹贅數言并志感悃。癸未孟春男澤傳謹跋。

華澤傳

編後記

關注民國天津書畫多年，華世奎是我十分熟悉的人物。二〇一四年底，我參加了問津書院舉辦的「紀念華世奎誕辰一五〇周年學術討論會」，并撰寫了論文《華世奎閣道生書畫合璧》，從個人角度分析了我祖父閣道生與華世奎的書畫交往。但真正認識華氏，還是通過整理這本《思闇詩集》，瞭解到華世奎不僅是一位書法家，更是一位詩人、教育家，對津門近代文化貢獻很大，影響深遠。作爲民國初年「文化遺民」的代表，在社會鼎革中堅守一己或民族的精神家園，給時代留下了可敬的身影。通過詩文可以瞭解其生平、學識、品格等，對研究和傳承其書法藝術及其精神追求具有重要價值。

華世奎詩集的整理，我們的根據是一九四三年影印版《思闇詩集》。全書中筆誤極少，幾未發現明顯的錯誤，故未出注。全書的排版格式則採用「問津文庫」之「津沽名家詩文叢刊」統一的要求，以便讀者閱讀。

本書在整理過程中得到了諸多朋友的幫助。胡芳艷、賈艷青、葉振華、劉進負責録入，全書五萬餘字皆是他們敲出來的。彭鵬、徐遜非、張玉强協助校對，針對一些重要的篇章，字斟句酌，減少了我的工作難度。張玉强身居濟南，常常通過手機微信與我交流看法。最終樊文稷通篇審閲，貢獻最大。在樊先生的客廳裡，我們足足飲了兩個晚上的咖啡才完成最後一校。這時已是十月份的倒數第二天，距離振良給我交稿期限僅剩一天。我往往這樣，把任務拖到最後才結束。不過，先賢的詩文還是給了我一個體驗中國傳統文化魅力的過程。我和朋友們都有這種感受。這是大家之所以願意付出的原因。

閻伯群　二〇一七年十月三十日

《問津文庫》已出書目（總計八十三種另三種）

◎天津記憶

沽帆遠影　劉景周著　五九圓
荏苒芳華：洋樓背後的故事　王振良著　四九圓
津門書肆記　雷夢辰原著/曹式哲整理　四九圓
故紙温暖：老天津的廣告　由國慶著　二八圓
沽上文譚　章用秀著　三八圓
百年留踪：解放橋的前世今生　方博著　三九圓
南市滄桑　林學奇著　七九圓
津沽漫記：日本人筆下的天津　萬魯建編譯　三九圓
憶弢盦：來新夏先生紀念文集　焦静宜編　九二圓
與山河同在：天津抗日殺奸團回憶録　閻伯群編　三八圓

楮墨留芳：天津文化名人檔案　周利成著　三〇圓

布衣大師：允文允武的藝術名家閻道生　閻伯群著　三〇圓

口述津沽：民間語境下的堤頭與鈴鐺閣　張建著　二八圓

大地史書：地質史上的天津　侯福志著　二九圓

丹青碎影：嚴智開與天津市立美術館　齊珏編著　二八圓

立憲領袖：孫洪伊其人其事　葛培林著　三〇圓

津門開歲：徐天瑞日記解讀　王勇則著　五八圓

水産教育家張元第　張紹祖編著　三六圓

八年夢魘：抗戰時期天津人的生活　郭文杰著　二八圓

沽文化詮真　尹樹鵬著　四八圓

圈外談藝録　姜維群著　三八圓

記憶的碎片：津沽文化研究的雜述與瑣思　王振良著　三八圓

水産教育家張元第集　張紹祖編　五八圓

應得的榮譽：女醫生里昂羅拉・霍華德・金的故事

［加］瑪格麗特著／胡妍譯　三八圓

海河巡鹽：國博藏所謂《潞河督運圖》天津風物考　高偉編著　五八圓
析津聯話　章用秀著　五八圓
頂上功夫：寶坻剃頭匠的歷史記憶　甄建波著　六八圓
四當明霞：藏書目里的章鈺及其交游　李炳德著　六八圓
津沽舊事　郭鳳岐著　一九八圓

◎通俗文學研究集刊

望雲談屑　張元卿著　三九圓
還珠樓主前傳　倪斯霆著　三八圓
品報學叢・第一輯　張元卿、顧臻編　三八圓
云雲編：劉雲若研究論叢　張元卿編　三八圓
品報學叢・第二輯　張元卿、顧臻編　三三圓
劉雲若評傳　張元卿著　三三圓
鄭證因小說經眼錄　胡立生著　七八圓
品報學叢・第三輯　張元卿、顧臻編　四八圓

◎**三津譚往**

◎**九河尋真**

九河尋真·二〇一七　萬魯建編　九八圓

◎津沽文化研究集刊

《雷雨》八十年　耿發起等編　五五圓

陳誦洛年譜　張元卿著　四八圓

碧血英魂：天津市忠烈祠抗日烈士研究　王勇則著　九八圓

都市鏡像：近代日本文學的天津書寫　李煒著　三八圓

天津楹聯述略　李志剛著　三六圓

口述津沽：民間語境下的西沽　張建著　五六圓

口述津沽：民間語境下的西于莊　張建著　一〇八圓

紫芥掇實：水西莊查氏家族文化研究　葉修成著　五八圓

蘆砂雅韻：長蘆鹽業與天津文化　高鵬著　五八圓

王南村年譜　宋健著　七八圓

國術之魂：天津中華武士會健者傳　閻伯群、李瑞林編　七八圓

來新夏著述經眼録　孫偉良編　一九八圓

◎津沽名家詩文叢刊

王南村集　王煐原著／宋健整理　六八圓
嚴範孫先生古近體詩存稿　嚴修原著／楊傳慶整理　四八圓
星橋詩存　蘇之鑾原著／曲振明整理　五八圓
退思齋詩文存　陳寶泉原著／鄭偉整理　八八圓
待起樓詩稿　劉雲若原著／張元卿輯注　四二圓
劉大同詩集　劉建封原著／劉自力、曲振明整理　八八圓
碧琅玕館詩鈔　楊光儀原著／趙鍵整理　五八圓
石雪齋詩稿（附遂園印稿）　徐宗浩原著／張金聲整理　六八圓
紫簫聲館詩存　丙寅天津竹枝詞　馮文洵原著／楊鵬整理　八八圓
思闇诗集　华世奎原著／阎伯群整理　三八圓

◎津沽筆記史料叢刊

嚴修日記（一八七六—一八九四）　嚴修原著／陳鑫整理　一三八圓
桑梓紀聞　馬鴻翺原著／侯福志整理　四二圓

◎名人與天津

◎梓里尋珠

◎**隨藝生活**

方寸蕓香：藏書票裏的書故事　李雲飛編　九八圓

問津書韻：第十三屆全國讀書年會文集　杜魚編　七八圓

開卷二〇〇期　董寧文、董國和、周建新編　一六八圓